Y Dyn yn y Cefn
heb Fwstash

EIRUG WYN

Y Dyn yn y Cefn heb Fwstash

a storïau eraill

Argraffiad cyntaf: 2004

Cynllun clawr: Ruth Jên Evans

Rhif Llyfr Rhyngwladol: 0 86243 735 0

Cyhoeddwyd, argraffwyd a rhwymwyd yng Nghymru
gan Y Lolfa Cyf., Talybont, Ceredigion SY24 5AP
e-bost ylolfa@ylolfa.com
gwefan www.ylolfa.com
ffôn (01970) 832 304
ffacs 832 782

CYNNWYS

1 EIRA DDOE

Roedd Rhys yn edrych yn hŷn na'i bymtheg oed, ac efallai mai dyna pam na fyddai Jo'r Relwe byth yn meddwl ddwywaith cyn gwerthu can saith peint o gwrw iddo fo.

"Sefn-an-sics," yna ychwanegodd "Sgin ti rhwbath i'w dyllu o boi? Mond wan-an-thri ydi 'gorwr hefo cyllall a corcsgriw." medda Jo, gan bwyntio at res liwgar o agorwyr caniau cwrw ar y wal tu ôl iddo.

"Gin i un diolch."

"Wel, mae gin i hoelan, ac mae cerrig i'w cael am ddim yn Castall Dolbadarn, a does gen i ddim wan-an-thri." Dyna oedd Rhys isho'i ddeud, ond gan fod Als Bach a Linda, a Nerys yn disgwyl amdano y tu allan, doedd ganddo ddim amser i'w wastraffu.

"Ma hi'n dy licio di 'nde, ac ma hi a Linda isho i chdi a fi fynd hefo'r ddwy ohonyn nhw ar ôl te dydd Sadwrn. Am dro i Gastall Dolbadarn."

Dyna ddeudodd Als Bach wrtho ar y ffordd adre o'r ysgol ddydd Gwener.

"Ar ôl te?! Ond mi fydd hi wedi tw'llu!"

"Ac os bydd hi fel heddiw, ella y bydd 'na eira hefyd!"

"Be gawn ni, can saith peint neu fflagons o seidr?"

Can saith peint o Deimond ia? Gin i hannar croch. Gei di o bora fory."

Roedd Nerys yn hogan dlos yn enwedig pan fyddai hi'n gwenu, ac mi roedd hi'n gwenu'n amal. Trwy gydol gweddill y noson honno a'r bore a'r prynhawn trannoeth, ni fedrai Rhys gael wyneb tlws Nerys o'i feddwl. Tra oedd o'n cael te a swper, cyn iddo fynd i'w wely a thra oedd o yn ei wely, welai o ddim byd ond wyneb Nerys.

Roedd hi wedi bwrw eira'n drwm dros nos, ac roedd y wlad gyfan yn edrych yn lân ac yn llonydd pan gododd trannoeth.

Treuliodd ei fore Sadwrn yn cynorthwyo'i dad. Torri coed, cario glo, bwydo'r ieir, doedd dim nad oedd yn ormod ganddo i'w wneud.

Ffoniodd Als Bach toc wedi cinio. Doedd dim un bws yn rhedeg, am fod y lonydd wedi cau. Doedd dim byd amdani felly ond cerdded.

Bu wrthi am ddwy awr yn paratoi. Edrychodd arno'i hun yn y drych. Doedd o ddim wedi dechrau shefio o ddifri, ond mi roedd yna rhyw gysgod o seidars a mwstash wedi dechrau ffurfio ar ei gernau ac o dan ei drwyn. Cafodd y cyfan eu glanhau yn lân gan rasel *Gillette* orau ei dad.

Golchodd ei wallt a bu'n rhwbio *Brylcreem* yn ffyrnig i gledr ei law cyn ei daenu wedyn hyd ei ben. Tri munud arall o gribo gofalus, ac roedd pob blewyn yn ei le, a thaerai fod yr wyneb a syllai nôl ato o'r drych yn hynod debyg i eiddo Elvis ei hun!

Roedd hi'n oer i gerdded, ond yng nghwmni Als Bach a'i

jôcs, buan yr aeth yr amser. Roedden nhw newydd brynu'r can gan Jo'r Relwe pan welson nhw'r genod yn disgwyl amdanyn nhw.

Aeth Als yn syth at Linda a phlannu homar o sws hir ar ei gwefusau. Edrychodd Rhys ar Nerys, a gwenodd. Dychwelwyd ei wên. Gafaelodd y ddau yn nwylo'i gilydd a dechrau cerdded drwy'r eira.

"Be uffar ydi seis dy draed di?!"

"Welingtons dad ydyn nhw!"

"Sbia'r tylla duon maen nhw'n ei wneud yn yr eira!"

"Mi fasa nwy droed i yn ffitio un o dy rai di! Sbia!"

Ac felly yr aethon nhw am y ddau canllath cynta. Y pedwar fel trên, a thri yn ceisio cerdded yn ôl traed Rhys a gadael un set o olion ar ganol y lôn.

"Mae'n bechod baeddu'r eira!"

"Mi fydd hi'n rhyfadd. . . un pâr o draed yn cerddad i'r Castall a phedwar yn dod o' na!"

"Mi fydd pawb yn trio gesio be sy wedi digwydd rhwng y mynd a'r dwad!"

"Os na fwrith hi rhagor ynde?"

Cerddodd y pedwar yn araf tua'r Castell, y bechgyn yn cario'r can cwrw am yn ail. Wedi gadael goleuni'r pentref, doedd dim ond golau'r lleuad i'w harwain. Wedi cyrraedd y castell, swatiodd y pedwar yng nghysgod ei risiau, ac wedi agor y can gyda hoelen a charreg, bu'r pedwar yn yfed yn araf ohono.

Buont yn siarad am bopeth dan haul, o bêl-droed i nicyrs Miss Wilias Geog, a phan daflwyd y can gwag i fôn wal

gerrig, dyma Als Bach yn cynnig eu bod yn gwneud dyn
eira.

Tynnodd Nerys ei watsh a'i rhoi i Rhys.

"Wnei di gadw hon yn dy bocad i mi plîs? Jyst rhag ofn
i'r eira'i difetha."

Bu'r pedwar wrthi'n ddyfal am sbelan.

"Hen eira gwael… dydi o ddim yn sticio."

A phur aflwyddiannus fu'r ymdrech i roi pen ac wyneb i'r
dyn eira. Yr arwydd cyntaf fod Als Bach yn dechrau alaru
oedd y belen eira wibiodd heibio clust Rhys. Doedd hi ddim
yn hir iawn nad aeth yn ffrî-ffor-ôl a chyrff ac eira yn
chwyrlio i bob man. Wedi rhai munudau ciliodd Als a
Linda.

Cododd Rhys ddyrnaid o'r eira meddal a cherddodd yn
hanner bygythiol at Nerys. Roedd hi'n chwerthin arno, ac
yn bacio nôl. Gadawodd yntau i'r eira lithro drwy'i ddwylo.

"Rho di hwnna lawr fy mlows i 'de!"

Am eiliad credai Rhys ei bod o ddifri, ond pan sylwodd
o'n ofalus ar ei llygaid, roedden nhw'n chwerthin arno.
Gwahoddiad oedd o. Roedd hi'n dweud, "Plîs, plîs, gwna!"
A dyna pam yr arhosodd, ac y cododd o lond ei ddwrn o'r
eira mân unwaith eto a dechrau camu ati'n araf a'i galon yn
pwmpio'n afreolus yn ei fynwes.

"O na!"

Trodd ar ei sawdl a dechrau rhedeg, ond roedd hi'n
chwerthin wrth redeg, ac roedd hi'n sgrechian wrth redeg.
Roedd o'n gwybod ei fod yn gyflymach na hi, ond doedd hi
ddim yn ras mewn gwirionedd.

Gafaelodd yn Nerys a'i thynnu ato. Roedd botwm top ei blows yn agored, ac anelodd yntau ei ddyrnaid eira am y bwlch hwnnw tra oedd hithau'n marw chwerthin, yn ceisio plygu'i phen i amddiffyn ei gwddf a gwingo o'i afael. Yn yr ymrafael, syrthiodd y ddau i'r llawr a dechrau rowlio yn yr eira. Rhys oedd drechaf, a chyda'r ddau yn dal i chwerthin, llwyddodd i'w chael ar wastad ei chefn. Eisteddodd ar ei stumog a chododd ddyrnaid arall o eira.

"Paid! Paid!"

Â'i law rydd agorodd fotwm arall ar ei blows cododd y brethyn oddi ar ei chroen a gwthiodd yr eira i'w mynwes. Sgrechiodd a gwingodd. Nesaodd eu pennau at ei gilydd.

Peidiodd y chwerthin. Peidiodd y sgrechian. Roedd Rhys yn edrych i fyw pâr o lygaid duon dyfnion. Roedd y llygaid yn sibrwd:

"Tyrd yn nes, tyrd yn nes."

Ac yn nes ac yn nes yr aeth, nes i wefus gyffwrdd gwefus. Yn araf daeth braich rownd ei wddf a dal ei ben. O Dduw! Dyma beth oedd nefoedd! Roedd y corff bychan yn dechrau gwingo dano, ei phen yn symud, ei cheg yn agor. Agorodd ei lygaid.

"Nerys!" sibrydodd. Gwyrodd ymlaen nes cyffyrddodd ei wefus â'i chlust.

"Nerys!" sibrydodd drachefn.

"O Rhys!" Roedd ei sibrydiad hithau'n ffyrnig yn ei glust.

Cyffyrddodd gwefus â gwefus drachefn, ac am funudau meithion bu'r ddau yn cusanu wrth orwedd ar eu hyd yn yr eira yn anymwybodol o bawb a phopeth o'u hamgylch.

Roedd Als bach a Linda wedi diflannu. Ond doedd dim ots. Dim ond dau oedd yn cyfri.

Ymhen rhai munudau:

"Dwi'n oer!" meddai Nerys. "A gwlyb!"

"Sori!"

"Beth wyt ti'n bwriadu wneud am y peth?" Roedd hynna'n swnio'n gellweirus.

"Be wyt ti isho i mi wneud?"

"Cadwa fi'n gynnes!"

"Tyrd i fama 'ta... awn ni i gysgod y wal."

Ac yno swatiodd y ddau. Agorodd Rhys ei got fawr a thynnodd Nerys yn nes ato.

"Ti'n dal yn oer?"

"Ac yn wlyb! Yn fama..."

Roedd ei llaw wedi gafael yn ei law o, ac wedi'i gosod ar ei bron. Rhwbiodd yntau'n araf, i ddechrau dros ei chot, yna llithrodd ei law dan y brethyn garw. Gallai deimlo'i bronnau'n rhwyddach rhwng ei chot a'i chardigan, a phan ddechreuodd ei law grwydro o dan y gardigan, gallai deimlo'r gwlybaniaeth lle'r oedd yr eira wedi toddi.

"Sorri, Nerys... ti'n oer?"

Ddywedodd hi ddim byd, dim ond dal ei phen ar osgo fel pe bai'n gofyn am gusan arall. Fe'i cafodd. Yr un pryd roedd ei llaw hi yn arwain ei law o dan blygion ei blows.

"Mmmm! Oooooooo!"

Gwahanodd y ddau.

"Mae dy law di'n blydi o-o-o-oer!"

Ond fu hi ddim yn oer yn hir. Wrth fwytho a mwytho'r dirgelion syfrdan buan y c'nesodd y ddau, ac er iddo yntau deimlo ias yn gwanu drwy'i gorff pan deimlodd y bysedd bychain oerion yn rhwbio'i fynwes yntau ac yn gafael a gollwng cnawd i rythm eu cusan, doedd yr oerfel na'r eira o ddim pwys bellach.

Weithiau roedd y ddau yn gollwng gafael, ac yn edrych yn hir ar ei gilydd. Ond dim ond dau air ddywedwyd gydol yr amser.

"Nerys?" roedd ei lais yn crynu, ond nid oherwydd yr oerfel.

"Rhys!" Roedd yr un cryndod yn ei llais hithau hefyd.

Unwaith, chwarddodd y ddau pan ddywedodd Nerys,

"Sbia llanast 'da ni wedi'i wneud ar yr eira!"

Ac yng ngolau'r lleuad mi roedd y llain lle bu'r pedwar yn chwarae yn rhychau gwyrddion a brown yn yr eira glân.

"Mi fwrith drosto 'sti!"

"Neu mi fydd wedi dadmer."

O gusan i gyffyrddiad diflannodd yr oriau nes i'r ddau sylweddoli bod y ffurfafen uwch eu pennau'n tywallt eira, a'i bod yn amser troi tua thre. Roedd Als a Linda wedi mynd ers tro, ond i Rhys a Nerys, roedd amser wedi aros yn stond.

"Ti isho tsips cyn mynd adra?"

"Mmmm."

A llaw yn llaw cyrchwyd y Siop Tsips. Roedd honno'n dywyll.

Estynnodd Rhys watsh Nerys o'i boced.

"Ffacin Hel! Mae'n unarddeg!"

"Mi fydd rhaid i ni gerddad adra!"

"Mi ddo i hefo chdi!"

"Ond ti'n gneud rownd anferthol…"

"Mi fydd rhaid i chdi wneud y siwrnai'n werth chweil felly, yn bydd?"

Roedd yr eira'n bygwth ac yn disgyn yn ysbeidiol, ond doedd dim ots gan y ddau am hynny. Y munudau gorau oedd munudau'r oedi a munudau'r cyffwrdd. Dau smotyn du yn nhrymder gwynder nos. Dau yn gadael eu hôl yn yr eira gwyn; dau yn anymwybodol o'r plu oedd yn chwyrlio o'u cwmpas ar brydiau.

Ymhen y rhawg cyrhaeddwyd tai a stryd a phentref. Doedd Rhys ddim eisiau cyrraedd, a doedd Nerys ddim eisiau mynd adref. Ond mynd oedd raid.

"Nos da Nerys."

"Nos Da." Gwenodd arno, a chan blannu cusan ysgafn ar ei wefusau, cerddodd i fyny llwybr yr ardd at y tŷ.

Gwyliodd yntau'i thraed yn gadael olion duon yn yr eira glân. Tra oedden nhw wedi bod yn caru, roedd yr eira wedi glanhau'r llwybr at ei chartref, a dyma hithau'n awr yn baeddu'r llwybr eto.

Roedd ganddo ddwy filltir i'w cerdded adref ac roedd hi wedi ail ddechrau pluo, a phluo'n drwm. Arhosodd am rai munudau i edrych ymhell fry i'r ffurfafen a gwylio'r miliynau dafnau gwynion yn cwympo'n ddi-drefn i bob man. Roedden nhw'n disgyn ac yn toddi ar ei wyneb. Disgyn a diflannu. Roedd o'n deimlad braf. Roedd o'n mwynhau bod allan yn ei ganol, ac roedd holl ddarluniau'r dydd yn dod yn ôl i'w gof. Wyneb tlws Nerys. Cusan Nerys. Bronnau cynnes Nerys. Cyffyrddiad trydanol Nerys. Aeth cynnwrf drwy ei holl gorff.

Hwn oedd diwrnod mwya'i fywyd erioed ers iddo gael ei eni. Byddai'n cofio heddiw byth bythoedd amen. Roedd hi'n braf bod yn fyw. Roedd hi'n braf byw yn Rhiwen. Roedd hi'n grêt cael bod yn gariad i Nerys. Roedd popeth mor berffaith. Roedd yr eira yn gwneud y lôn yn lân. Roedd y caeau yn lân. Roedd y plu wedi golchi'i wyneb yntau yn lân.

Plygodd, a chododd ddyrnaid o eira. Plygodd drachefn a chodi llond ei ddwylo. Gwthiodd ei wyneb yn araf i'r gwynder oer. Roedd o mor lân. Roedd o mor bur. Cusanodd yr eira. Roedd cusan Nerys fel cusan yr eira.

Cododd ei olygon ac edrychodd o'i amgylch. Roedd pob man mor dawel ac mor llonydd. Doedd heddiw ddim fod darfod. Roedd heddiw fod parhau am byth.

Teimlodd rywbeth yn ei boced. Watsh Nerys! Roedd o wedi cerdded hanner milltir dda o'i chartref, ac roedd yr eira'n dal i chwyrlio. Penderfynodd ddychwelyd. Efallai y câi ei gweld eto.

Ymhen rhai munudau roedd yn ei ôl wrth giât ffrynt y tŷ, a'r peth cyntaf a sylwodd oedd bod olion traed Nerys wedi diflannu. Roedden nhw'n cuddio dan haenen arall o eira.

Roedd yn union fel petai eu gwahanu heb ddigwydd, a'r llwybr at y tŷ yn lân unwaith eto.

2 LLINELL GOLL

"Ni wyddai byd na betws mor unig oedd y gŵr…"
Er 'mod i'n gorwedd dan haldiad o gardbord, a gwynt
main y dwyrain ar brydiau yn sgrytian fy esgyrn i, 'dw i'n dal
i ganu. Canu cân y llinell goll. Yn yr oriau mân fe ddarfu
sibrydion y strydoedd, a chrafangais innau am fy 'ngwâl 'r ôl
stampio 'nhraed o dan fwa'r bont i gadw'n gynnes. Mi 'rhosa
i yn y dre yma am heno, a phan ddaw yfory, mi fydd hi'n
amser i mi symud ymlaen eto.

Dechreuaf ganu:- "Ni wyddai byd na betws mor unig
oedd y gŵr…" Caeaf fy llygaid yn dynn i dynnu llun. Llun
dyn llonydd mewn ystafell. Cysgod du yn syfrdan stond. Du
a llonydd yw'r dyn i gyd ar wahân i'r llygaid gloywon. Y
llygaid sy'n gwneud y llun.

Canaf drachefn.

"Ni wyddai byd na betws mor unig oedd y gŵr,
A beth oedd ei gyfrinach doedd neb yn hollol siŵr."

Pan ddaw'r llais, yr un ydi'r llun bob tro. Pob manylyn yn
union yr un fath. Llond yr ystafell o nefoedd, a'r llygaid yn
gweld dim. Dim ond angel. Rwy'n edrych trwy'r llygaid
rheini, ac o danynt mae ceg yn agor. Agor yn barod i
sgrechian y waedd. Y waedd fydd yn hollti'r coed. Y waedd
fydd yn troi'r nefoedd yn ffyrnbyrth uffern. Y waedd fud

sydd yn diasbedain ei gwae i'r dyfodol.

Rydw i'n adnabod distawrwydd. Yn y tir tu hwnt i iaith y mae distawrwydd sy'n rhwygo'r enaid.

Damia! Sŵn traed! Gwell llusgo'n ôl i glydwch y gwely cardbord. Mi ga' i ganu'r gân eto mewn munud. Swatiaf.

"Ni wyddai byd na betws mor unig oedd y gŵr,
A beth oedd ei gyfrinach doedd neb yn hollol siŵr."

Mae'r llun yn dychwelyd i'r cof ac yn gwahardd y presennol sydd tu hwnt i'r gwely cardbord. Ynys ydw i. Ond mae sŵn y traed yn dynesu. Pwy ydi'r rhain sy'n dod i ffyrnigo a mileinio fy nghwsg? Pa hawl sydd ganddyn nhw ddod o gilfachau gwag y strydoedd a sgriffian eu sgidiau yn tarfu ar eiriau'r gân ac yn diffodd tanbeidrwydd taflunydd y lluniau?

Gwrandawaf ar eu sgwrs.

"…wedi ffeindio bedd ger Chechnya â thri chant ynddo fo."

"Uffar o beth ydi rhyfal…"

Mae marwolaethau heddiw yn canslo marwolaethau ddoe, a gweithred ysgeler newydd yn serio lluniau ang-hynnes ar y cof. Pan ddaw yfory, lleferir yr un geiriau uwch-ben cyrff eraill, a bydd y geiriau'n aros pan fydd y corff hwn yn peidio â bod. Fe fyddan nhw yno'n aros yn nail y cof. Aros i gael eu hail drefnu a'u hail ddarganfod.

Mae sŵn esgidiau'n 'stwyrian ger fy mhen. Mae golau yn gwanu fy wyneb. Agoraf lygaid. Dau blismon talsyth fel dwy gigfran yn hofran uwchben prae. Syllant. Tawel a llonydd ydi'r corff mewn gwâl o gardbord. Gwelant lygaid pŵl yn llawn siom a thristwch yn syllu'n ôl arnynt.

"Iawn, taid?"

Amneidiaf â 'mhen. Maen nhw'n gadael gyda gwên.

"Weino arall! Be' haru pobol d'wed?"

"Fe gâi o wely am ddim yn yr hostel lawr y lôn…"

"…a chwmni…"

"…pobol od yn y byd ma…"

Be 'di'r ots gen i am fin eu geiriau geirwon? Gwnaf yr hyn a wnaf a gadawaf iddynt rapio eu cytgan undonog hamddenol wrth ymbellhau. Pan ân nhw, mi ga i ail ganu'r gân.

"Ni wyddai byd na betws mor unig oedd y gŵr
A beth oedd ei gyfrinach doedd neb yn hollol siŵr,
Ond roedd rhyw anesmwythyd a chyffro yn ei fron…"

Llinell arall.

Llun arall.

Y dyn mewn du yn dilyn ac yn cario arch fechan a'i ddagrau'n gwlychu'r caead gwyn. Gwthiaf fy nwylo i 'ngheseiliau. Codaf fy mhen-gliniau at fy ngên. Gwasgaf fy hun yn belen gron. Af oddi yma yfory. Chwiliaf am ddaear newydd i alw'r lluniau'n ôl i gof.

"Ni wyddai byd na betws mor unig oedd y gŵr,
A beth oedd ei gyfrinach doedd neb yn hollol siŵr,
Ond roedd rhyw anesmwythyd a chyffro yn ei fron
A chrwydro'r wlad â'i cadwai rhag boddi dan y don."

Ond mae 'na linell ar goll.

Mae'r llinell glo ar goll.

Er chwilio a chwalu yn y lluniau fedra i yn fy myw dod o

hyd i'r llinell goll. Dyna pam y bydda i'n codi 'mhac yfory,
ac yn symud ymlaen. Symud i'r dre nesa i chwilio am y
geiriau.

Dw i mor flinedig. Mor flinedig rŵan. Isho rhoi fy mhen
i lawr a llithro i'r anwybod di-boen. Llithro yno i chwilio.
Rhoi fy mhen i lawr a llithro i'r anwybod i chwilio am y
llinell goll. Ond cyn ei ddarganfod rydw i'n gwybod y bydd
rhaid canu ac ail ganu'r gweddill.

"Ni wyddai byd na betws mor unig oedd y gŵr
A beth oedd ei gyfrinach doedd neb yn hollol siŵr
Ond roedd rhyw anesmwythyd a chyffro yn ei fron,
A chrwydro'r wlad â'i cadwai rhag boddi dan y don."

Trof a throsaf y geiriau yn lluniau graffig.

Gwelaf eto'r lluniau.

Y cysgod du – ond rŵan mae'n dduach na du. Clywaf y
waedd fud – ond rŵan mae'n ddistawrwydd sy'n galw ar
ddistawrwydd. Mae llestri'n malu'n deilchion. Mae gwallt yn
gadael gwreiddiau. Mae dyrnau celyd coch cynnes yn dyrnu
wal o gerrig. Ac unwaith eto mi rydw i'n gweld dy wyneb di.

Dy wyneb di.

Ti yw colled y cysgod du.

Ti, a fu fyw am ddeuddeng munud.

Deuddeng munud union wedi marw dy fam.

Deuddeng munud.

Digon o amser i gael un freuddwyd.

Fe'th ddaliodd yn fwndel aflonydd yn ei freichiau. Fe
welodd dy lygaid bychain crych yn symud. Tynnodd fysedd
garw yn ysgafn ar hyd dy fochau llawnion. Ac fe'th ddaliodd

yn llipa yn ei freichiau.

"Ni wyddai byd na betws mor unig oedd y gŵr,
A beth oedd ei gyfrinach doedd neb yn hollol siŵr.
Ond roedd rhyw anesmwythyd a chyffro yn ei fron
A chrwydro'r wlad â'i cadwai rhag boddi dan y don."
Clwyfau yw'r lluniau.
Archollion y colli.
Eu galw i gof a geulodd y gwaed.

A phan oedd creithiau y Duw dialgar yn niferus ac yn
ddwfn, yn yr eiliadau hunanol hynny fe ddaeth y gweddïau
ingol. Gweddïau'r cysgod du oedd fwyd iddo, nos a dydd.
Gweddïodd am i'r haul beidio sgleinio'n felyn mwy;
gweddïodd am i ddyfroedd foddi daear y Duw milain;
gweddïodd am i'r adar dewi, a'r blodau beidio anadlu;
gweddïodd am daranfollt nerthol fyddai'n hollti'r byd yn
ddau; gweddïodd... gweddïodd...

Ac yn sŵn gweddi'r truan hwnnw, â blinder yn ymlid
breuddwyd, fe fferrais innau.

Agorais fy llygaid a chodais ar fy eistedd. Tu hwnt i fwa'r
bont ac uwch y tarth, roedd golau gwan yn cracio'r bore
bach. Ac fe ddaeth i mi'r llinell goll.

"Ni wyddai byd na betws mor unig oedd y gŵr
A beth oedd ei gyfrinach doedd neb yn hollol siŵr
Ond roedd rhyw anesmwythyd a chyffro yn ei fron,
A chrwydro'r wlad â'i cadwai rhag boddi dan y don."

"A does neb yn nabod hwn fel fi."

3 CYN

O'r dydd y gwelodd hi gyntaf erioed roedd yr haul wedi codi a machlud siŵr o fod ganwaith cyn iddo ddechrau meddwl amdani hi fel 'na. Ac mi gododd ac mi fachludodd ganwaith wedyn tra oedd o'n ceisio dyfalu oedd hi'n meddwl amdano yntau fel'na. Ond mae rhywun yn amau, ac yn gwybod, weithiau yn tydi?

Tynnwr lluniau i'r *Neges* oedd o, a hithau'n ohebydd. Roedden nhw'n rhannu swyddfa, yn rhannu bwrdd paned, yn rhannu desg weithiau, ac yn rhannu car bob dydd Mawrth a dydd Iau. Roedd yntau eisiau rhannu gwely â hi.

Fe edrychodd arni filwaith. Gwenodd arni. Ac roedd o bron â marw eisiau gofyn iddi:

"Wnei di ddod hefo fi un waith cyn i'r haul farw?"

Yntau'n gwybod yn iawn mai "Na" fuasai'i hateb hi.

Roedd hi'n 'fengach na fo. Gryn dipyn yn 'fengach na fo, ond fe wyddai y byddai'n rhaid iddo ofyn iddi. Ac roedd ei galon yn curo fel llwdn mewn lladd-dy bob tro y gwelai hi.

Bu'n ymarfer adref. Edrych yn y drych ar ei wefusau yn dweud y geiriau. Gwenu arno'i hun wrth ddychmygu clywed ei llais hi'n dweud "Iawn!", ac yntau'n gwybod mai "Na!" fuasai'i hateb hi. Ond roedd rhaid iddo ofyn.

Fe ddaeth ei gyfle cyntaf. Rhoddodd y bos ei ben trwy'r

drws un bore dydd Mawrth a gweiddi ar y ddau ohonyn nhw.

"Chi'ch dau! Stori'r môr yn byta'r tir yn Traphwll. Chdi! Llunia… llunia da… a chditha, stori hefo ongl wahanol i Niws Saith nithiwr… Iawn?"

Ac i ffwrdd â nhw. Roedd hi'n ddiwrnod stormus. Fe wlychodd at ei groen yn cael lluniau o'r tonnau'n pwnio'r creigiau, hithau'n ceisio siarad ei stori i beiriant recordio bychan mewn bag plastig.

Roedd y ddau yn wlyb socian pan waeddodd hi ei bod hi'n mynd draw i siarad hefo'r ffarmwr oedd piau'r tir. Edrychodd arni. Edrych ar ei hwyneb tlws yn berlau gloywon gwlyb. Ei gwallt tonnog yn fflat ac yn gynffonnau duon bychain. Fe gafodd yr awydd gwirion i gwpanu'i hwyneb yn ei ddwylo a phlannu cusan hir ar ei gwefusau, yna gofyn yn ddistaw yn ei chlust hi:

"Ddoi di hefo fi un waith cyn i'r haul farw?"

Ond wnaeth o ddim.

"Wela i chdi nôl yn y car!" gwaeddodd, cyn i'w chôt felen lachar ddiflannu rownd y tro.

Diflannu cyn iddo gael estyn llaw i gynhesu'r bochau oerion, cyn iddo gael gofyn.

Cyrhaeddodd y car ymhell o'i blaen a bu'n eistedd yno â'i ddychymyg yn rhemp. Cyn hir fe'i gwelai yn rhedeg drwy'r dagrau oedd ar y ffenestr. Roedd hi'n socian ac wedi agor y drws a thaflu'i hun i'r car, sodrodd ei hun yn y sedd ac ymestyn yn ôl.

"Arglwydd! Am dywydd!"

Fe drodd ati a gwenu. Gwenodd yn ôl arno. Fe fuon nhw'n edrych ar ei gilydd am eiliadau hirion cyn iddo estyn ei law a'i gosod ar ochr ei hwyneb. Roedd ei boch hi'n oer, oer, a'r cynffonnau duon yn gwaedu i gledr ei law. Dyma'r amser iddo ofyn iddi:

"Ddoi di hefo fi un waith cyn i'r haul farw?"

Ond wnaeth o ddim. Estynnodd hi ei llaw ei hun a'i gosod ar ei law yntau a gwasgu.

"Well i ni fynd yn ôl," meddai hi, "neu mi fydd Ifas am ein gwaed ni!"

Am amser hir wedi hynny, un darlun a lanwai ei holl feddyliau. Cynffonnau duon gwlybion yn ffrâm i wyneb tlws.

Yn ystod yr wythnosau canlynol fe setlodd i'r rwtîn. Pob dydd yn artaith. Isho dweud. Isho gwneud. Fe fyddai'n ceisio edrych yn wahanol arni. Syllu ambell waith yn hirach nag y dylai i'w llygaid hi; gwenu'n gariadus arni hi.

Roedd ganddo beiriant chwarae casetiau yn y stafell dywyll, ac weithiau, pan fyddai'n gwybod ei bod hi'n gwrando mi fyddai'n troi'r peiriant i gyfeiriad y drws agored, ac fe fyddai hithau'n clywed caneuon fel:

"Rwy'n meddwl amdanat ti
Breuddwydio amdanat ti..."

Ac fe fyddai'r llygaid yna yn codi ac yn gwenu arno, fel petaen nhw'n dweud ei bod hi'n deall beth oedd o'n ei wneud. Ac fe fyddai'n siarad â hi bob dydd drwy wahanol ganeuon.

Un diwedd prynhawn o haf, dyma fo'n dweud wrthi:

"Mae gen i ddwrnod rhydd fory. Dw i am fynd am dro i fyny i ben yr Elidir… fûm i ddim ers cantoedd.."

"Ddo i hefo chdi!" meddai hithau. "Awn ni â photel o win o Tescos a dwy *custard slice* hefo ni fel picnic!" Ac felly gwnaed y trefniadau ar gyfer cerdded drannoeth.

Roedd yna gynnwrf a chryndod drwy'i gorff weddill y dydd. Cynnwrf a chryndod yr anwybod. Ac roedd un peth yn sicr, roedd o'n bwriadu gofyn iddi drannoeth.

Doedd o ddim wedi dringo na llethr na mynydd ers blynyddoedd, a hanner ffordd i fyny, arafodd ei gamau a byrhaodd ei wynt.

"'Rhosa fa'ma funud!" meddai "Ga'n ni swig o win."

Doedd o ond prin wedi sychu ei weflau.

"Tyd," medda hi, gan afael yn ei law a'i dynnu ar ei hôl. Ac fe aeth y ddau yn ara bach tua'r grib. Cam ar ôl cam. Mynd i fyny i gyfeiriad y mynyddoedd, hitha'n haf poeth braf, y ddau heb ddim byd i'w dal yn ôl. Mor wahanol i'r diwrnod yn y glaw, meddyliai, gan gofio'r wyneb a'r cynffonnau gwlybion.

O swig a swig fe droes y gwair glas yn sypiau eithin, wedyn yn glympiau o rug, yn frwyn ac yn fwsogl. Roedden nhw ymhell i fyny'r mynydd. Ymhell oddi wrth bawb a phob peth, a'r poteli yn gwagio gam wrth gam.

Ac roedden nhw'n araf feddwi, yn chwerthin ac yn siarad yn wirion.

"Esu! Dw i isho piso!" medda hi'n sydyn, a chyn iddo gael cyfle i ddeud "Lloyd George", roedd hi ar ei chwrcwd, ei ffrog wedi ei chodi uwch ei chanol, ei nicyr rownd ei fferau a'r ddau yn chwerthin yn sŵn y dŵr. Fe drodd ei olygon oddi wrthi a rholio yn y llwyni llus. Rholio, chwerthin a sbecian yn slei bach. Pan stopiodd chwerthin, a thrwsio'i hun, dynesodd yn fygythiol ato. Rhaid ei fod o'n goch fel bitrwt. Fe gafodd sws glec a "Sori!"

Fe eisteddon nhw wedyn ar lawr ac edrych yn nôl ar y creigiau'n troi'n gaeau a'r caeau'n troi'n dai nes cyrraedd Traphwll a'r môr. Doedden nhw'n dweud dim ond edrych. Edrych ar y pellter, ac weithiau ar ei gilydd. Edrych ar ei gilydd a gwenu.

Roedd o bron â marw eisiau gafael amdani, ei gwasgu ato, teimlo'i chynhesrwydd hi… ond roedd arno ofn, ofn na fuasai hi ddim yn deall, neu y buasai'n camddeall.

Felly fe orweddodd yn ôl. Gorwedd yn ôl a throi ar ei ochr. Estyn ei law a gafael mewn clwmp o frwyn a mwsogl. Byseddu'r lled wlybaniaeth yn galed oer a'i ben yn rasio'n wyllt ac yn gynnes. Roedd o eisiau dweud miloedd o bethau wrthi, eisiau cyffwrdd ei wefusau'n ysgafn yn ei gwefusau hithau, ac roedd o'n ceisio penderfynu sut i ddechrau.

Ond fu dim rhaid iddo. Roedd y gwin wedi llacio'i thafod. Fe gafodd glywed pob peth roedd o wedi'i ddychmygu yn y drych. Roedd ei geiriau hi'n byrlymu fel pistyll. Chafodd o ddim siawns i ddweud dim. Hi oedd y wenci, yntau'n sydfrdan-stond. Fe siaradodd ac fe siaradodd.

Pan oedd o'n meddwl bod yr amser wedi dod fe glosiodd ati. Fe deimlai wres ei chorff yn corddi ei forddwyd, a'i dagrau'n gynnes ar ei foch.

"Rŵan," medda'r llais bach yn ei ben. "Rŵan ydi'r amser i

ti ofyn dy gwestiwn." Ac fe wnaeth.

"Wnei di ddod hefo fi un waith cyn i'r haul farw?"

Edrychodd i fyw ei lygaid. Fe gododd ei llaw, ac yn araf bach cyffyrddodd â'i ên. Caeodd ei llygaid a daeth ei gwefusau at ei wefusau yntau. Cyffyrddiad ysgafn oedd o. Gwefus ar wefus, yna'r rhyddhau. Cyn iddi droi ymaith, roedd o'n meddwl iddo weld ei thristwch yn troelli i lawr ei boch.

"Ond… wedi i ti ddweud y pethau yna i gyd?" meddai yntau'n daer.

" Fedra i ddim… mae petha mor… gymhleth!"

"Plîs!"

"Paid difetha pob peth, plîs? Dan ni'n ffrindia… dw i'n mwynhau dy gwmni di… paid difetha hynny… dw i'n dy leicio di… dw i'n leicio meddwi hefo chdi… malu cachu hefo chdi… ac mae gen i deimladau cryfion atat ti… ond fedra i ddim."

Gofynnodd iddi eto.

"Ddoi di hefo fi unwaith, cyn i'r haul farw?"

Ond ddaeth hi ddim a chafodd yntau ddim gwybod pam.

* * *

Arhosodd hi ddim hefo'r *Neges* yn hir iawn wedyn a chafodd neb wybod pam y gadawodd hi. Fe symudodd i Abertawe i weithio i'r *Mail.* Doedd hi'n nabod neb yno ac roedd yntau'n amau y buasa hi'n unig.

Fe aeth i'w gornel un noson ac ysgrifennu llythyr hir ati. Rhyw feddwl oedd o y buasai'n hoffi clywed am y bos yn dod i'r gwaith hefo ŵy ar ei dei, am Meri Huws yn lladd ar bobl y capel, a'r Parch Heulyn Probert a'i golofn am beryglon alcohol. Ysgrifennodd am bob pechod gyflawnodd pawb ers iddi adal yr ardal, ac fe ddywedodd bethau eraill. Pethau'r galon. Pethau tebyg i'r hyn yr oedd hi wedi'i ddweud wrtho fo ar ben y mynydd. Fe ysgrifennodd ddeg tudalen, gan feddwl ail ysgrifennu'r llythyr a hepgor ambell beth. Ond pam ddylai o? Pam na ddylai fod yn onest a dweud popeth?

Difaru wnaeth o y munud y llyncodd y geg goch y llythyr. Fe stwffiodd ei fysedd ar ei ôl o. Wyddai o ddim ai i weld oedd y llythyr wedi disgyn yn ddigon pell, neu i geisio'i gael o'n ôl, ond roedd hi'n rhy hwyr. Roedd ei deimladau a'i gyfrinachau yng nghrombil y bocs coch ac ar ei ffordd i'r de.

Doedd o ddim yn disgwyl ateb, ond fe ddaeth, ac roedd ei ddwylo'n crynu wrth agor y llythyr. Roedd ei galon yn bowndian wrth drio dyfalu beth fuasai ganddi i'w ddweud. Fyddai hi'n ymateb?

Oedd, roedd hi'n ymateb ac yn tywallt ei chalon fel tywallt chwart i bot peint. Dechrau ̄ei brawddeg ola hi, cyn y rhes o swsys ffarwél oedd yn glynu'n ei gof… "Dw i'n crio rŵan…" Ond nid llythyr "tyrd yma" oedd o, ond llythyr "cadwa draw".

Na, doedd hi ddim ar fwriad dod hefo fo cyn i'r haul farw.

Aeth â'r llythyr hefo fo i bob man. I'r capel, i'r tŷ bach, i'r gwely… fe fyddai'n ei ddarllen o a'i ailddarllen o, yna'n cau ei lygaid yn dynn, a'u hagor. Na, roedd y llythyr yn dal yno o'i flaen, ac roedd y geiriau i gyd yn dal yno, yn diferu o gariad. Ond beth oedd y rheswm iddi wrthod?

Fe ysgrifennodd yn ôl ati, wythnos ar ôl wythnos, ond ddaeth yna ddim ateb wedi'r llythyr cyntaf. Rhaid bod hwnnw'n deud y cwbl. Ond fedrai o ddim ei chael hi o'i feddwl. Hi oedd yn rheoli ei fywyd, a fedrai o mo'i chael hi. Aeth yr wythnosau yn fisoedd a'r misoedd yn flwyddyn, ac ar ben y flwyddyn fe ddechreuodd deimlo'n dipyn o ben bach, a rhoi'r gorau i sgwennu ati. Ond roedd hi'n dal hefo fo. Ymhob man.

Roedd ei llun hi ymhob cylchgrawn, ei henw ymhob cân. Roedd hi yn gwmpeini yn y car, roedd hi ar ei obennydd gyda'r nos…

Aeth blwyddyn gron arall heibio cyn iddo'i gweld hi. Un dydd fe ddaeth y llygaid rownd cornel drws y swyddfa. Gwrido a gwenu wnaeth o. Dim ond gwenu ddaru hi.

Aeth y ddau i'r Caffi Bach am baned a sgwrs. Ymddiheurodd am y llythyrau, a diolch am ei llythyr hi. Rhoddodd ei llaw ar ei law.

"Paid ymddiheuro," meddai. "Dw i'n briod rŵan… ond mi rydw i'n dal i feddwl lot amdanat ti."

Wyddai o ddim beth i'w ddweud, a phan ddywedodd hi wedyn:

"Weithia, pan fydda i hefo Henri, mi fydda i'n dychmygu mai chdi sydd yna…"

Edrychodd i fyw ei llygaid a gofyn yn dawel iddi,

"Wnei di ddod hefo fi un waith cyn i'r haul farw?"

Petai wedi ei thrywanu â chyllell fyddai'r llygaid yna ddim wedi fflachio'n gyflymach. Mi edrychodd yn arw arno. Edrych yn hir i'w lygaid, cyn edrych i ffwrdd. Mae'n siŵr mai dim ond dwy neu dair eiliad y parodd y cyfan ond roedd o fel oes. Yn ystod y tair eiliad yna roedd hi wedi clywed, wedi gafael yn ei eiriau, wedi ystyried eu cynnwys ac wedi llunio ei hateb.

"Fedra i ddim…"

Dyma yntau'n chwareus yn dyfynnu pethau o'i lythyr cynta.

"Ti ddim yn cofio caneuon Dafydd Iwan? Dwi'n meddwl amdanat ti… breuddwydio amdanat ti?…"

"Paid!"

"Ddoi di ddim?"

Ysgwyd ei phen yn araf wnaeth hi. Gadawodd i'w galon grio a dal ati i sgwrsio am bethau eraill.

Welodd o mohoni wedyn am bedair blynedd. Roedd o i lawr yng Nghaerdydd pan welodd Rol Bach tu allan i'r *Wine Bar* yn hwyr Nos Sadwrn. "Sut wyt ti'r lembo lysh?" meddai hwnnw, a chyn iddo gael dweud how-di-dw yn iawn, roedd mewn tacsi, ac ar ei ffordd i barti yn nhŷ Rol Bach.

Roedd hi yno. Hefo'i gŵr a hefo'i ffrindia. Roedd hi wedi bod yn yfed yn drwm a phan welodd hi fo, syllodd yn hir cyn camu ato. Doedd y llygaid ddim wedi newid dim.

"Be gymri di, gwin gwyn?" Ehedodd ei feddwl yn ôl i'r prynhawn hwnnw ar lethr yr Elidir. Oedd hi'n chwarae hefo fo? Tybed oedd hi'n cofio'i gwestiwn? Beth fuasai ei hymateb pe bai'n gofyn yn syth iddi:

"Wnei di ddod hefo fi un waith cyn i'r haul farw?"

Ond wnaeth o ddim byd ond gwenu a dweud:

"Ti'n edrych yn dda!"

Edrychodd i ddwfn ei llygaid a gwenu wrth ddweud hynny. Fe wenodd hithau. Dwy wên. Gwên dau'n rhannu rhywbeth.

"A chditha… ar wahân i'r bol cwrw!"

Fe gafodd gyfarfod Henri. Erbyn hyn, roedd y ddau wedi symud i'r brifddinas ac yn byw mewn stryd gyfagos. Fe aeth yn win a bwyd a chwrw a chyfeddach hir. Roedd yna ddau ddwsin da yno, a dim argoel bod pobl yn laru ar yr yfed na'r bwyta. Ac roedden nhw ill dau, un ymhob pen yr ystafell, weithiau'n dal llygaid ein gilydd, weithiau'n gwenu, weithiau'n symud mymryn ar wefus neu lygad. Dau gwlwm a'r gwead yn rhywle wedi drysu.

Roedd yr haul bron â chodi ac roedd hanner dwsin yn dal ar ôl. Roedd Henri wedi hen fynd – wedi blino gwagio cania. Roedd Rol Bach ac yntau'n siarad am yr hen ddyddiau pan gododd i fynd i'r llofft i biso. Yng ngwaelod y grisiau oedodd. Roedd dwy ar eu ffordd i lawr. Hi oedd yn dod lawr olaf. Roedden nhw'n malwenna'u ffordd i lawr yn ofalus. Ar ganol y grisiau edrychodd i lawr ato ac arhosodd. Edrychodd o'i hamgylch, doedd neb arall yno ar wahân i'w ffrind a ymlwybrai o'i blaen. Yn sydyn cododd ei chrys a dangos ei bronnau iddo. Dim ond am eiliad, ond fe'i gwelodd. Botymau bychain brown i'w bodio a'u cusanu. Cnawd i'w fwytho.

Mewn chwinciad roedd hi wedi gollwng ei chrys, dawnsio i lawr y grisiau a hwylio heibio iddo dan chwerthin.

Bu'n rhaid iddo yntau chwerthin. Pan ddychwelodd aeth i ganol dadl. Dadl am Dde Affrica, ac apartheid, ond buan y datblygodd yn ddadl wirion. Roedd yn dal i daflu ambell wên i'w chyfeiriad, a'r cwestiwn yn dal i chwyrlio yn ei ben. Cyn hir, fe'i gwelodd yn codi ar ei thraed. Wrth basio dywedodd wrtho:

"Dw i'n mynd i wneud panad…"

"Ga inna un hefyd."

Mi gododd yntau'n drwsgl i'w dilyn, a gadael pawb arall i ddadlau.

Doedd neb arall yn y gegin. Dim ond y ddau ohonyn nhw ac roedd hi'n plygu dros y sinc.

"Dw i isho chwydu," medda hi, a chamu at y drws cefn ac allan drwyddo i'r nos. Fe'i clywai'n chwydu yn yr ardd. Dilynodd hi. Aeth ati a gafael ynddi. Rhoddodd ei law ar ei chefn a dechrau rhwbio. Estynnodd hances iddi.

"W't ti'n well?"

Nodiodd.

"W't ti isho diod o ddŵr?"

Nodiodd eto.

"Tyrd i fewn…"

Roedd hi'n crio. Rhoddodd ei llaw ar ei law.

"Ei di i nôl diod i'r tŷ i mi, a thyrd â fo allan i fama… plîs?"

Wedi iddi sipian ei diod o ddŵr eisteddodd y ddau yn fanno. Eistedd ar y glaswellt llaith nes oedd eu tinau'n wlyb diferol. Roedd hi'n edrych arno, ac yntau'n edrych unwaith eto i ddyfnderoedd ei llygaid hithau. Dechreusant siarad. Siarad am yr hen ddyddiau. Sôn am bethau a fu.

Yn ddiarwybod roedd ei law wedi llithro amdani, ac roedd ei phen yn araf suddo i glustog ei gesail. Roedd ei law yn anwesu'i chefn – yn gyntaf dros ei chrys, yna dano. Roedd o'n bodio cnawd noeth ac roedd hi'n dal i siarad. Daeth ei dwylo a'i geiriau i lapio'n gynnes amdano.

Roedd hi'n dal i siarad. Roedd ganddo yntau eiriau, ac roedd o unwaith eto eisiau gofyn iddi. Daeth ei law a'i braich rownd ei wddf a'i dynnu ati. Symudodd ei wefusau yn gusanau bychain at ei chlust a phan ddaeth seibiant dyma fo'n sibrwd yn daer.

"Wnei di ddod hefo fi un waith cyn i'r haul farw?"

Tynnodd anadl.

Fe fflachiodd pob mathau o bethau i'w feddwl. Mwsog a brwyn, pistyll a nicyr, cynffonnau gwlybion, llythyr hir, botymau brown a llaw ar gnawd cynnes wrth sgwrsio mewn gardd. A rŵan?

Rhyddhaodd hi ei hun. Cododd a mynd tuag at y tŷ. Gwaeddodd ar ei hôl:

"Be sy'?"

"Dw i'n crio rŵan!…Sbia!…Dagrau… go iawn."

Arhosodd cyn croesi'r trothwy, troi i'w wynebu a gwên ar ei hwyneb. Gwên un wedi penderfynu. Ac fe ofynnodd iddi eto, dim ond un waith eto. "Ddoi di?"

Ac roedd hi'n dal i wenu pan atebodd,

"Fory. Cyn i'r haul farw."

4 CNU

Un ffaith sy'n gyfrifol 'mod i'n ysgrifennu'r geirie hyn, a'r ffaith honno ydi, na fydda i yma ymhen can mlynedd, felly beth ydi'r ots beth sgrifenna i, na pha mor onest y mynega i yr hyn sy yn 'y meddwl? A beth yffarn ydi'r ots beth mae pobol yn ddweud ta beth?

Fel llawer o bobol eraill yng Nghymru, mae'n ymddangos, mae da fi ddatganiad i'w wneud am fy rhywioldeb. Lle bynnag y trowch chi y dyddie hyn, rych chi'n clywed datganiade am rywioldeb. Mae yna homos neu lesbiaid yn rhywle wedi datgan eu rhywioldeb, mae yna rhyw gylch Pinc, rhyw grŵp dicllon, cyhuddiade lu o bob cyfeiriad am homoffobia, broliade am ddeurywioldeb, ond beth sy yn… 'y ngwylltio i'n gudyll yw nad oes yna neb sy'n fodlon cymryd unrhyw sylw o'm bath i.

Fel y dywedes i, gan 'mod i'n gwbod i sicrwydd na fydda i yma ymhen can mlynedd beth bynnag, a chan y gwn i sicrwydd eto na fydd posibl edliw pechode'r tad ar y plant, beth yw'r ots?

Ga i gyflwyno fy hun i chi?

Dafydd Donger yw fy enw bedyddiedig, (mae gen i dystysgrif i brofi hynny) a dw i'n byw yn y Tyllgoed, ffarm Wmffre Roberts a'i wraig Meri, yng ngodre Sir Aberteifi. Ar frynie Ceredigion y treuliodd nhad a nhaid eu holl fywyde, a'm hunig uchelges inne yw bod fel y bardd hwnnw a fynnai "dorri cwys fel cwys ei dad". Ac fel fy nghyndade, gobeithio, fe gadwa i at y traddodiade gorau.

– Meri?

– Ie Wmffre!

– Wyt ti am ddod da fi i'r farchnad y prynhawn ma?

– Jiw jiw nadw!

– Meddwl oe'n ni , cael selibreshyn fach!

– Selibreshyn? Pam?

– Saith mlyne' ar higen o fywyd priodasol w, ma hynny'n gofyn am selibreshyn!

– Ti wedi cofio!

– Gredest ti na fydden i ddim yn cofio?

Ac yno, yn y parlwr ffrynt, y cofleidiodd y ddau ei gilydd, ac ailddatgan dyfned eu serch a'u cariad at ei gilydd.

Dyna i chi ddarlun hyfryd o'r hen Gymru wledig. Mab yn cyfarfod merch. Mab yn caru'r ferch. Mab yn priodi'r ferch. Mab a merch yn cael mab a merch. Mab yn byw'n hapus gyda'r ferch. Mab yn marw. Merch yn marw. Wedyn mae mab y mab a'r ferch yn priodi ac yn y blaen, ac yn y blaen. Stori grêt.

Ond dim ond un ochr i rywioldeb yw hwnna, ac ysywaeth nid felly y bu yn y Tyllgoed. I fywyd Wmffre a Meri fe ddaeth – cymhlethdod.

A dyna wnaeth i fi feddwl am sefydlu Cymdeithas.

Dyw Ben a Phillipa, plant Wmffre a Meri ddim wedi datblygu fel roedd y rhieni wedi gobeithio. Fe gafodd y ddau

Goleg a chariad a phob peth arall y galle rhieni eu rhoddi i'w plant, ond un diwrnod fe ddaeth Ben gatre gyda'i gariad Phil, ac i goroni'r cyfan fe ddaeth Phillipa gatre gyda'i chariad hithe Katrina.

I flaenor Methodist a'i wraig o gefen gwlad Sir Aberteifi, bu ond y dim i hynny fod yn farwol iddyn nhw. Y fath sgandal! Y fath dorri calonne. Y fath bechod marwol! Tybed ai dyna pam y clywes i Wmffre yn gweud yn dawel wrtho'i hun un dydd.. "Ymhen can mlynedd fydd dim ots; fydda i na Meri na neb arall ddim ma."?

A dyna wnaeth i fi feddwl am sefydlu Cymdeithas.

Do, fe dorrodd Wmffre a Meri eu calonne am fod y plant wedi datgan eu rhywioldeb. Ond dw i ddim fel 'na chi. Dos da fi ddim diddordeb mewn dynion. Dos da fi ddim diddordeb chwaith mewn merched. Yn ddiweddar, dw i wedi dechre teimlo nad oes yna neb yn fodlon siarad dros fy siort i, ac roedd yna un peth oedd wedi creu cryn benbleth i fi.

Ydych chi wedi clywed am ddynion sy'n caru'u gwragedd yn sefydlu clwb neu gymdeithas? Naddo siŵr iawn. Ydych chi wedi clywed am wragedd neu wŷr sy'n caru gyda gwŷr a gwragedd pobl eraill yn ffurfio'n grŵp? Naddo wrth reswm, ond os ydych chi'n ddyn sydd yn caru gyda dyn, neu yn wraig sydd am garu gyda gwraig arall, mae'n rhaid i chi ddatgan eich rhywioldeb, a bod yn perthyn i ryw gylch, rhaid i chi gael sylw, rhaid i chi gael gofod mewn papure newydd ac ar newyddion y teledu a'r radio. Mae ishe dangos eich rhywioldeb.

A dyna wnaeth i fi feddwl am sefydlu Cymdeithas.

Fel y dywedes i, dw i'n gwybod na fydda i yma ymhen can mlynedd, felly does dim ots da fi ddweud bellach. Rydw inne hefyd yn bwriadu cychwyn grŵp i'm bath i. Rydyn ninne hefyd wedi dioddef dan lach pobl, ac fe fuon ninne yn gyff gwawd ac yn destun llawer stori a jôc.

Dw i'n cyhoeddi felly bodolaeth Cymdeithas CNU, sef cymdeithas i rai fel fi sydd yn hoffi neu yn caru a pharu gyda defed.

Ow! Mi glywa i'r Piwritaniaid yn eich plith yn ebychu ac yn ffieiddio, ond ga i fentro awgrymu mai o anwybodaeth rych chi yn dweud hynny. Ystyriwch hyn o ddifri.

I un sydd wedi treulio o's yn cerdded brynie'r Tyllgoed, yn teimlo cynnwrf gwanwyn gwyrdd yn cyniwair mewn cae, y mae gweld ac arogli cant neu fwy o ddefed Suffolk yn rhwygo'r borfa fras ac yn ddotiau gwynion glân mewn byd mor frwnt, yn wledd i lygad a chlust.

Yr un yw'r cynnwrf rhwng fy nwy go's i, â chynnwrf gŵr ifanc yn dringo rhwng coese'i gariadferch dan y lloer a gorffwys ei fynwes ar ddwyfron aeddfed. Yr un yw'r angerdd sydd yn 'y ngharu i, ag angerdd dau neu ddwy sy'n chwe-deg-nawio'n gnot-wyllt. Yr un yw'r cariad sydd 'da fi, â chariad dau a rychwantodd ddegawde o ffyddlondeb, ond eto, am ryw reswm mae yna ragfarn yn fy erbyn i a'm siort? A pham? Onid cariad yw cariad? Onid gweithred rywiol yw gweithred rywiol?

Ond chwarae teg i Wmffre a Meri, efalle nad oedden nhw'n deall nac yn derbyn yr hyn oedd y mab a'r ferch yn ei wneud, ond maen nhw wedi gorfod dygymod â hynny, ac maen nhw wedi'u gorfodi i ymarfer goddefgarwch tuag at rai â dyheadau rhywiol gwahanol iddyn nhw'u hunen. Erbyn hyn, dw i'n argyhoeddedig eu bod nhw'n deall fy nyheade a'm chwante inne hefyd.

"Un da yw Dafydd yma da'r defed!" medde Wmffre rhyw fore wrth gymydog.

Ond er i fi straenio 'nghlustiau chlywes i mo gweddill y sgwrs, er i fi glywed y chwerthiniad bras ar y diwedd.

Mae hi'n anorfod mai ychydig flynyddoedd yn unig y mae perthynas â dafad yn para, a chystal i ni wynebu'r gwirionedd ei bod hi'n bosib i rai fyw yn hapus ar baru gyda mwy nag un partner ar y tro. A chan mod i wedi bod yn y Tyllgoed am gymaint o flynyddoedd mae hi'n anorfod mod i wedi adnabod a pharu gyda channoedd ohonyn nhw.

Pwrpas sefydlu Cymdeithas CNU ydi ceisio cael pobol i ddeall natur perthynas sydd yn bosib ei chael gyda dafad. Nid anifail gwlanog, gyda phedair co's a wela i wrth edrych ar ddafad, ond prydferthwch. Yn llygaid y deiliwr y mae prydferthwch medd rhyw fardd o Sais, ac i fi y mae dafad yn rhan o gread prydferth Duw. Smotyn gwyn a glân a fenthycir i'r ddaear dros ystod o flynyddoedd.

Mae da fi enw ar bob un, ac mae yna sawl enw ers sawl blwyddyn sydd wedi eu serio ar fy nghof. Rwy'n cofio'r pump cynta'n dda iawn. Brenda... Janys... Wenna... Elen... a Siwsan... Siwsan fach. Dw i'n cofio'r pnawn hwnnw byth. Roedd hi wedi mynd yn sownd mewn weiren bigog yn y llwyni cnau wrth ochr wal bella Hen Dŷ... Elen?

Yn y brwyn ger yr afon yn Cae Main. Wenna, dafad ifanc gryf yn y creigie yn Rynys Bella, a Brenda a Janys, y ddwy yn barod yn y trelar i fynd i fart Llambed un dydd Mawrth.

Ddywedes i ddim wrth neb am yr hyn weles i wrth grwydro caeie'r Tyllgoed yn ystod fy mlynyddoedd yma.

O do, fe weles i Wmffre a Meri mewn clinsh yn y bêls a hwythe yn eu hoed a'u hamser, ac fe weles i Ben a Phil yn llarpio'i gilydd yn y cae ŷd wrth i'r haul fachlud un noson o haf, ac fe fues yn edrych yn hir ar Phillipa a Katrina yn caru'n ara bach wrth y das wair pan oedd Wmffre a Meri wedi mynd i siopa i Aberystwyth un pnawn, ac roedd rhywbeth yn hardd iawn yn eu caru nhw. Finne'n methu deall. Methu deall y rhagfarne yn eu herbyn, a methu deall chwaith eu hawydd hwythe i bedlera eu preifatrwydd yn gyhoeddus. Ac yna, fe'm trawodd. Lle gynt y bûm yn ddall rwy'n gweld yn awr!

Datganiad yw ffurfio cymdeithas. Datganiad i ddangos i bawb a phopeth nad oes gan aelode'r gymdeithas honno gywilydd o'u perthynas. Math o gymdeithas yw'r stad briodasol – ond cymdeithas sy'n cael ei derbyn. Rhaid i ninne gael ein derbyn.

Cenfigen sydd wrth wraidd llawer o'r rhagfarne, a phrif amcan Cymdeithas CNU, fydd chwalu'r rhagfarne hynny. Mae yna ddege, os nad cannoedd fel fi mewn ffermydd ar hyd ac ar led Cymru, Lloegr a thu hwnt fydde'n fodlon ymaelodi â Chymdeithas CNU.

Un o blesere mwya Wmffre Roberts ydi mynd â'i ffrindiau i'r parlwr ffrynt, a chael dangos y dystysgrif sydd wedi'i fframio a'i hongian ar y wal uwchben y piano. Ar honno mae e'n datgan mod i "Dafydd Donger" wedi ennill yn y Royal Welsh y llynedd fel maharen Suffolk ore'r wlad, ac mae'r llun ohona i sydd gyda'r dystysgrif, fy nghyrn a 'ngheille yn disgleirio yn yr haul, yn deilwng iawn o Gadeirydd cynta CNU.

5   Y TRWSIWR FFENESTRI

Pan ddaw'r nos mi ddaw y fwlturiaid eto, a fydd yna ddim twll i'r awyr iach – diolch i'r trwsiwr ffenestri.

Mae hi'n ddwfn i'r nos, tywyllwch yn galw ar dywyllwch ac mae'r stafell wely'n bopty poeth. Mae'n afiach. Mae'r gwres yn tasgu o'r rhyddiadur a fedr Seanchan ddim agor y ffenest i gael awyr iach. Mae côt ar ben côt o baent wedi cydio pren wrth bren. Mae o'n ymwybodol o hyn pan ddôn nhw ato. Yn nhrymder nos maen nhw'n dod. Yn pigo, pigo, pigo. Pigo crachen. Codi crawn. Rhwygo'r cnawd. Cnawd tyner. Pigo, pigo, pigo. Pigo at y byw. Pigo at y gwaed. Dydyn nhw ddim yn gadael llonydd iddo. Maen nhw ar sil y ffenest. Mae o'n eu clywed nhw.

Mae Seanchan yn y gwely. Mae yna chwys ar ei dalcen, ar ei wefus ucha, ar ei wddf. Chwys yn y tywyllwch. Chwys yn ymlid cwsg. Llygaid yn y gwyll. Soseri yn y tywyllwch yn gwrando. Gwrando ar eu sŵn. Pigo, pigo, pigo. Maen nhw am y ffenest â fo. Maen nhw'n hogi'u pigau.

Mae Seanchan yn eu clywed nhw. Pigo, pigo, pigo. Does dim rhyngddo â nhw ond llenni a gwydr. Llenni, gwydr a thywyllwch. Llen feddal o dywyllwch. Paen caled o dywyllwch. Mae Seanchan yn codi'n araf ac yn nesáu at y ffenest. Mae o'n eu clywed nhw. Mae o fewn modfeddi iddyn nhw. Mae o'n clywed y pigo, pigo, pigo. Mae'n mesur yn ofalus. Mae'i ddwrn o fewn chwarter modfedd i'r llenni. Mae'n anelu. Mae'n tynnu'i ddwrn yn ôl ddeunaw modfedd ac yn sgrechian:

"Bastaaaaaads!"

Mae'r dwrn yn chwipio drwy'r llenni, yn cyffwrdd ac yn chwalu cwarel yn filoedd o ddarnau mân cyn taro awyr oer. Awyr oer, iach.

Ymhell bell islaw mae'r gwydr yn trymbowndian i'r cowt wrth y drws ffrynt. Mae ffenestri'n goleuo. Mae ci yn cyfarth. Mae yntau Seanchan ar y pedwerydd llawr, â'i ddwrn yn dal drwy'r ffenest. Mae o'n sylweddoli'n sydyn. Mae'r fwlturiaid wedi mynd.

Mae cwningod busneslyd mewn tyllau ffenestri. Lleisiau'n holi. Gyddfau'n ymestyn wrth holi'r nos am ffenest doredig. Mae'n tynnu'i fraich yn ôl i'r stafell wely fel pe bai'n eiriasboeth. Mae garddwrn yn bachu mewn pigyn llym ac mae'r gwaed yn llifo'n gynnes. Mae o'n teimlo'n ffŵl wrth olchi'r clwyf a gwylio'r bwrlwm sgarlad yn troelli i lawr llwnc y sinc.

*   *   *

Tydi hi ddim yn beth hawdd cael trwsiwr ffenestri yn Llundain, ond wedi cerdded tudalennau melynion, darganfu Seanchan drysor. "Stanley Hook – Glass Merchant."

"No bovver mate. Be vere at one o'clock. Fourf flowa? Jesus! Might need scaffoldin' mate… dat could be… two hundred quid… if not, call it seventy foive evens..and, *and…*" pwysleisiodd eilwaith, "if you pay cash, fuck de Vee AyeTee."

Pedair awr i fynd cyn daw'r trwsiwr ffenestri. Pedair awr o wneud dim ond edrych drwy'r ffenest. Mae'r glaw yn disgyn yn ddibaid, yn gwlychu pawb a phopeth. Mae Seanchan wedi symud i ffenest y gegin erbyn hyn. Mae hi'n rhy oer yn y stafell wely. Mae hi'n oer oherwydd bod awyr iach yn llifo i mewn drwy'r twll yn y gwydr.

Islaw, mae pobol yn rhuthro, pobol yn mynd. Pobol yn llifo'n ddi-baid. Heibio wal letraws Folden Road, mae ambarel lelog yn cribo'r cerrig ar ei brig. Cyn pen dim mi ddaw i'r golwg. Dynes fechan fel deupen miaren y Bardd Cwsg. Cap plastig wedi'i glymu am ei phen ac mae'n llusgo cert siopa. Mae hwnnw'n plycio mynd i rythm ei cherddediad.

O'r cyfeiriad arall daw dyn gwyllt yr olwg yn hanner tywys a hanner gwthio moped. Mae'r olwg ar ei wyneb yn dweud y cyfan. Mae'n siarad ag ef 'i hun.

Ar gornel Folden Road mae geneth ifanc. Mae hi'n oedi yn y glaw o dan arwydd llachar y Stiwdio. Gellid meddwl yn ddrwg amdani, oherwydd mae hithau'n disgwyl am rywun. Mae hi'n pwyso ar y wal, ac mae untroed oediog wedi'i chodi, ei phen-lin noeth yn dangos dan ei chot law, a honno wedi plygu er mwyn iddi osod ei sawdl yn dynn ar y wal rhyw droedfedd o'r llawr. Mae hi'n smocio'r naill sigaret ar ôl y llall, ac ar ôl tynnu mwg, mae osgo'i cheg fel pe tai am sgrechian, ond cymylau ac nid sŵn ddaw o'i genau.

Mae sgrech seirenau yn rhewi'r prysurdeb. Mae pawb yn oedi ac yn gwylio heddlu-ambiwlans-paramedics yn sgrialu heibio. Mae rhywun yn disgwyl amdanyn nhwythau. Rhywun yn disgwyl gwaredigaeth.

Yn sydyn, mae Seanchan yn hoelio ei sylw ar y tri. Mae rhywbeth ynglŷn â'r rhain. Tri bachgen yn pydru cerdded ar y palmant ac fel hen iâr y tu ôl iddyn nhw, mae dynes foldew yn chwadennu o ochr i ochr, fel hen gi defaid yn llywio praidd. Mae hi'n siarad yn ddi-baid â nhw, ond mae Seanchan yn rhy uchel a phell i glywed y ddrama. Bob hyn a hyn, mae hi'n taflu'i phen i'r awyr, ac yn codi'i breichiau, fel pe bai'n haleliwio'i duw. Mae yna olwg fodlon-wyllt ei llygaid fel pe bai'n cyrchu'i phensiwn cyntaf, ond cadw cow ar yr hogia drwg y mae hi.

Maen nhw'n gwybod ei bod hi yno. Maen nhw'n ei synhwyro hi. Maen nhw'n ei chlywed hi. Maen nhw'n cerdded ei llwybr hi. Mae hithau'n eu harwain o'r cefn.

Bob yn bwt maen nhw'n pasio'r ffenest. Mae Seanchan yn gorfod symud yn nes at y ffenest oherwydd maen nhw bron â diflannu o'r ffrâm, ond nid cyn iddo'u gweld yn dechrau rhedèg. Rhedeg o flaen y foldew, gyda'u coesau meinion. Coesau meinion, ceimion fel coesau fwlturiaid.

Beth wnan nhw rŵan tybed?

* * *

Dwy awr i fynd cyn daw'r trwsiwr ffenestri, ac mae'n dal i fwrw glaw. Mae Seanchan yn mynd i orwedd ar y gwely. Mae'n cau ei lygaid. Rhaid iddo gysgu.

Ond mae o'n oer. Mae hi'n oer yma. Mae hi'n oer am fod yna dwll dwrn yn y ffenest, ac am fod gwyntoedd Mawrth yn rhuo ac yn chwalu a rhybannu'r llenni ar gyllyll y gwydr. Dydi gwres y rhyddiadur ddim digon i gnesu'r stafell, ond mae'r gwynt fel awel iach. Mae'r fwlturiaid wedi mynd ac mae awyr iach wedi llifo i'r ystafell. Mae cwsg yn trymhau'r aeliau. Cwsg braf. Cwsg nes daw Hook. Cwsg oer braf yn golchi drosto, yn llifo drwy'r twll yn y ffenest. Cwsg difwltur…

"C'mon mate! Open this dawer… for Christ sake!"

Mae'r trwsiwr ffenestri wedi cyrraedd. Rhaid ei fod wedi canu'r gloch sawl gwaith. Cyn codi oddi ar y gwely i agor y drws mae Seanchan yn edrych eto ar y ffenest. Mae'r trwsiwr ffenestri yn mynd i gau'r twll.

Morthwyl, cŷn a hanner awr gymrodd Stanley Hook i drwsio'r ffenest. Estynnodd Seanchan bymtheg punt a thrigain iddo. Stwffiodd y papurau arian yn ddiolchgar i boced dîn ei ofarôl.

"That's blood on that carpate mate, got to get it cleaned you know… leaves a stain…"

Mae Seanchan yn ôl wrth y ffenest. Mae'n gwylio Stanley Hook yn camu'n fodlon i'w fan. Mae'n gosod cledr ei law ar y gwydr newydd. Mae o'n oer. Mae arogl pwti'n llenwi'i ffroenau, ac mae ôl bysedd y trwsiwr ffenestri yn dew ar y paen.

Mae Seanchan yn edrych eto i'r stryd islaw. Mae'r fan bron â mynd o'i olwg. Pan ddaw'r nos, mi ddaw'r fwlturiaid eto, ond fydd yna ddim twll i'r awyr iach, diolch i'r trwsiwr ffenestri.

6 CYNULLIAD IOHANNES PESCADO

Carthodd Iohannes Pescado ei wddf ac yn ei lais cadeiryddol-bwysig tafolodd y sefyllfa fel y gwelai o hi.

"Gyd-gynghorwyr, wedi gwrando ar y dadleuon o bob ochr os nad ydw i'n camgymryd, y teimlad cyffredinol yma heno ydi na fydd y cyngor hwn yn gweld yn dda i wario £50 ar glirio'r rybish sydd yn hel yn y *bus-stop* gerllaw stad Tŷ'n y Fuwch. Ma'r cynghorydd Owain Glyndŵr Pritchard wedi mynegi safbwynt pur eithafol, sef bod rhaid i'r cyngor yma fod yn ddarbodus wrth drafod arian cyhoeddus, ac ar y llaw arall ma'r cynghorydd Smith Higgingbotham wedi dod â deiseb gerbron gan drigolion Tŷ'n y Fuwch yn cwyno am y llanast sy'n hel yno o wythnos i wythnos. Mi fuo'r clerc yn ddigon hirben, chwarae teg iddo, i holi y cyngor Sirol beth fyddai cost cadw'r lle'n daclus ac mae'r gost honno yn £50 yn flynyddol – rhyw bunt yr w'snos. Rŵan, dyna'r ffeithiau sydd ger ein bron. Ga i gynnig o'r llawr os gwelwch yn dda?"

"Cynnig ein bod ni'n gadael petha fel maen nhw." Taranodd Owain Glyndŵr Pritchard. "Ma'n harcheb flynyddol ni yn uwch o beth cythgam na chynghora cymuned erill y sir ma. Rhaid i ni fod yn fwy darbodus ne mi fydd pobol yn dechra cwyno."

"Eilio!" gwaeddodd Cecil, ei fab yng nghyfraith.

Troes Glyndŵr a winciodd ei ddiolchgarwch ar Cecil.

"Wel dw i wedi cal cynigydd ac wedi cal eilydd…"

"Gwethliant!"

"Y Cynghorydd Higgingbotham?"

"Yhn wyneb yr hothl enwau seeth wedi cael eu torri ar y theiseb, dw i'n meddwl ein bod ni'n wneud anghymwynas fawyr â'r bobyl seeth wedi ein hethol ni. Wedi'r cwbwl, yma i adlewyrchlu barn ac i gwaachod beethiannau yhr etholwee ydan ni…"

"Jyst am fod dy ferch di'n byw yn Nhŷ'n y Fuwch!" ychwanegodd Owain Glyndŵr Pritchard.

"Pam oeddet ti'n gwrthwynebu cais Ifan Glo i ymestyn ei iard gynna bach Owain Glyndŵr? Y? Jyst am fod dy fab yn llgadu plot o dir drws nesa!" gwaeddodd Gethin Cayo.

"Gyfeillion!"

Ond teimlai Iohannes y cyfarfod yn mynd o'i afael fel y deuai lleisiau o bob cyfeiriad.

"Da ni'n gwario pymthag mil y flwyddyn ar wahanol betha. Di o'm byd i ni dalu mil am lamp a dach chi'n gwarafun rhoi ffiffti blydi cwid i glirio aisôr!" ychwanegodd Gethin.

"Llanast pobol Tŷ'n y Fuwch ydi o. Gadal iddyn nhw'i glirio fo sydd isho. Rapsgaliwns ydi'r plant eniwe. Sawl gwaith 'dan ni wedi gorfod trwsio'r lle? Cania cwrw a chondoms ydi'r rhan fwya o'r llanast eniwe."

Daeth dwrn Iohannes i lawr ar y bwrdd nes oedd papurau'r Clerc yn dawnsio. Distawodd y lleisiau croch. Daliodd y Cadeirydd i rythu ar y ddau yn sibrwd a sisial yn y cefn.

"Un pwyllgor sy'n digwydd yn yr ystafell ma. Os oes gynnoch chi rhywbath i'w ddeud, deudwch o drw'r gadair!"

Distawodd y lleisiau. Gallai tafod Iohannes ostegu dyfroedd a chywilyddio cynghorwyr, yn union fel y gallai sodro meddwon fyddai'n cambihafio yn ei siop djips ar eu ffordd adre o'r Bwl.

"Mae 'na gynnig ac mae 'na eilydd, ac ma'r gwelliant hyd y gwela i yn wrth-gynnig. Felly mi gymera i bleidlais ar y cynnig. Y cynnig oedd ein bod ni'n gadael petha fel y maen nhw. Pawb o blaid, dangoswch!"

"Yn araf a bwriadol pwyntiodd Iohannes at bob cynghorydd yn ei dro a chyfri'n uchel... "pedwar, pump, chwech o blaid. Pawb sydd yn erbyn? Tri pedwar, pump, chwech... mae'n gyfartal! Ma fy mhleidlais i fel cadeirydd, yn erbyn! Mi gaiff y Clerc wneud y trefniada' angenrheidiol a dyna ddiwadd ar y mater!"

"Mr Cadeirydd!"

"Dan ni'n symud ymlaen!"

Ildiodd Owain Glyndŵr Pritchard. Câi edliw hyn i Iohannes Pescado eto. Ond roedd ganddo un fwled arall i'w thanio cyn tewi.

"Mistar Cadeirydd, gan mai'r Cynghorydd Higgingbotham sy'n ysgrifennu'r datganiada i'r Wasg, ga i ofyn i chi edrych ar gywirdeb y datganiad cyn iddo gael ei anfon i'r wasg?"

Gwgodd Iohannes arno, ac edrychodd Smith Higgingbotham drwyddo.

* * *

"Cyfarfod brys, ond pam?" dyna oedd ymateb pob un Cynghorydd i gais y Clerc ar i bawb ymgynnull o fewn tridiau yn y Neuadd, ac ar gais y Cadeirydd, "gohebiaeth o'r cyngor Sir parthed ymweliad pwysig." oedd yr unig beth ar yr agenda. Mawr oedd y dyfalu a mwy fu'r disgwyl am noson y cyfarfod.

"Gyfeillion, mae hwn yn newyddion cyffrous tu hwnt. Mae 'na lythyr wedi dod o Fuckingham Palace…" mynnai Iohannes dreiglo bob tro.

"Buckingham Palace!" roedd eco'r ddeuair i'w clywed yn diasbedain hyd y waliau.

"Well i mi gywiro fy hun… mae 'na lythyr wedi dod o Fuckingham Palace drwy'r cyngor Sir. Byrdwn y llythyr ydi bod y Prins ei hun yn dod i Benbuwch."

Unwaith eto roedd eco'i eiriau i'w glywed mewn mân sibrydion.

"Gynghorwyr! Ga i erfyn am dawelwch! Fel y gwyddoch chi fi ydi Is-gadeirydd Pwyllgor Hamdden a Thwristiaeth ac ma gen i rywfaint o wybodaeth ychwanegol am hyn. Rŵan y tebygrwydd ydi mai yma ym Mhenbuwch y bydd y Tywysog yn gwneud ei araith gynta ar ôl cael cinio yn y Seiont Hotel a'r sibrydion ydi, mai o'r tu allan i'r Neuadd yma y bydd o'n cyhoeddi penodi'i fab fenga," pwysleisiodd y geiriau eto, "…*ei fab fenga*, yn Dywysog newydd Cymru."

"Mister Khadeirith!" roedd y Cynghorydd Higgingbotham ar ei draed. "Rydhw hee yn hawgrhumee ein bhod nee'n ghadael uh thlytheer hwn ahr y boorth. Gwneud een deem ah fo…"

"Cywilydd! Gwarthus! Blydi Ripyblican…"

"Gyfeillion!"

Distawodd pob sŵn.

"Rydw i wedi cael cynnig…" dechreuodd Iohannes ac ail ddechreuodd y baban glebran. Cododd Iohannes Pescado ei lais. "MAE GEN I GYNNIG! Oes yna eilydd?"

Gellid clywed pin yn disgyn.

"Eilio!" gwaeddodd Gethin Cayo. "A mwy na hynny, geith y cwd bach neud i sbîtsh yn rhywla arall!"

Oni bai am allu diarhebol Gethin Cayo gyda'i ddyrnau, diau y byddai sawl un wedi ceisio rhuthro amdano am ddweud y fath beth cableddus, ond un peth oedd croesi cleddyfau geiriol hefo Gethin, peth arall oedd ei herio'n gorfforol. Penderfynodd Iohannes anwybyddu'r sylw.

"Mae gen i gynigydd ac mae gen i eilydd. Pawb o blaid y cynnig i ddangos?"

Er i Gethin Cayo rythu'n ddig o un wyneb i'r llall, dwy law yn unig godwyd – un Higgingbotham a'i un yntau.

Gwenodd Iohannes ar Smith Higgingbotham ac ysgydwodd ei ben.

"Fel roeddwn i'n deud, gan mai fama fydd y stop cynta ar ôl ei ginio mae'n ddyletswydd arnon ni i… i… sut fedra i ddweud hyn, wel, ella mai yma y bydd o isho ymmmm dach chi'n gw'bod… isho oedi, torri'i siwrnai…"

"Isho gwagio'i hanbag ti'n feddwl!" gwaeddodd Gethin.

"Isho mynd i'r tŷ bach!" cawsai Iohannes weledigaeth. Edrychodd ar yr wynebau syn o'i flaen. "Dyna ydi'r mater gerbron." Dal i edrych yn syn wnâi'r wynebau.

"Beth ydek chee'n diskooil i knee wneuhd Mister Chadeirith?"

"Mae 'na brotocol, rheolau i'w dilyn, trefn ynglŷn â'r petha ma."

"Fel be?"

Carthodd Iohannes ei wddw unwaith eto. Doedd hyn ddim yn mynd i fod yn hawdd. Edrychodd ar y llythyr o'i flaen. "Ma'r *Lord Leffienant* wedi rhoi rhestr i ni."

"Darllan hi ta!"

Darllenodd Iohannes o'r llythyr.

"Toiledau Brenhinol. Hwnna ydi'r pennawd. Un. Dylai'r stafell fesur o leia pum troedfedd sgwâr gyda thymheredd yr ystafell i fod yn 18 digrî sentigred."

"Arclwy! Ma' hynna run seis â'n lownj i!" chwyrnodd Gethin Cayo. "Ac yn gnesach. Fydd hi fel piso mewn tŷ gwydr!"

Cododd Ifan Saer ar ei draed. Aeth i'w bocad ben-glîn ac estyn ei lathan bren blygedig.

"Sgiws mi Mistar Cadeirydd," meddai ac aeth allan.

Gwenodd Iohannes arno gan ddiolch bod yna o leia un... Roedd Ifan ar ei ffordd i fesur y toiledau. Ymhen ychydig funudau daeth yn ei ôl.

"Ffôr ffwt thri, bai thri ffwt ilefn," meddai, gan ddarllen o'i lyfr nodiadau. "Toilets merchaid yn ffôr sics bai ffôr tw."

Fel yn yr Aifft gynt, torrodd distawrwydd y gellid ei deimlo dros yr ystafell.

"Fedrwn ni heirio *Portaloos* fel y Steddfod Genedlaethol?"

"Ma rheini'n sglyfaethus!"

"Geith o iwsho toilets yr anabal." meddai Gethin Cayo yn goeglyd cyn ychwanegu, "rhaid ma'r broblem ydi'i glustia fo!"

"Y Cynghorydd Gethin Cayo! Os na fedrwch chi gyfrannu rhywbeth o sylwedd i'r drafodaeth, peidiwch cyfrannu o gwbwl!"

Roedd llygaid Iohannes Pescado yn melltennu i gyfeiriad Gethin Cayo, ond roedd llygaid hwnnw yr un mor ddi-syfl yn rhythu'n ôl. Y cadeirydd ildiodd. A Gethin Cayo siarad-odd nesa hefyd. Ac roedd ei eiriau'n her i awdurdod y Cadeirydd.

"Nes i Bwyllgor y Neuadd wario ar y toilets yma llynadd, roedd y dynion i gyd yn gor'od mynd i daro dŵr tu ôl i'r slabs llechi wrth ymyl y cwt snwcer – pam na fedar o fynd i fan'no?"

Penderfynu defnyddio ychydig o ras ymataliol wnaeth Iohannes.

"Dan ni'n sôn am Aer y Goron. Darpar Frenin y wlad ma!"

"Pa frenin a pha wlad?"

"Sgiws mi eto!" meddai Ifan Saer gan godi o'i sedd, estyn ei lathan bren a chyfeirio ei gamrau tua'r toiledau drachefn. Roedd sylwadau Gethin Cayo wedi rhoi syniad arall iddo.

Pan ddaeth yn ei ôl, roedd gwên fuddugoliaethus ar ei wyneb.

"Ma toilets yr anabliaid yn ffaif ffwt wan bai ffaif ffwt ilefn!"

Gollyngodd Iohannes ochenaid o ryddhad.

"'Dw i'n siŵr ein bod ni'n ddiolchgar i'r Cynghorydd Gethin Cayo am yr awgrym buddiol yna," meddai'n goeglyd. "Rydan ni'n iawn yn fan'na felly. Yr ail beth ar y list ydi, bod y llestr i fod yn gwbl lân, o wneuthuriad porslên, gyda gwarant frenhinol y gwneuthurwr yn amlwg arno."

"Howld on!"

"Y Cynghorydd Owain Glyndŵr Pritchard?"

"Fedrwn ni ddim gadael i Benbuwch fod yn destun gwawd Mr Cadeirydd. Dw i'n cynnig ein bod ni'n tynnu'r sticar Anabl oddi ar y drws. Jyst rhag ofn y bydd na un o ddynion y *Sun* neu'r *Mirror* yn bresennol – mi fasan nhw'n cal ffîld dê tasan nhw'n gweld ein bod ni wedi darparu toilets anabl i'r Prins."

"Mwhi oh ghost Meistyh Khadeireeth!"

"Hannar canpunt *max*!" gwaeddodd Glyndŵr "a rhad am y pris."

"Yhr een prees ah glanhaee Stad Teen y Veewck Meistyh Khadeireeth!" atebodd Smith Higginbotham gan droi'r gyllell.

"Y llestr i fod yn borslên!" meddai Iohannes gan anwybyddu'r ergyd a dwyn sylw'r cynghorwyr yn ôl at drefn y cyfarfod.

Ysgydwodd Ifan Saer ei ben.

"Problem Mistar Cadeirydd. Cwmni *Lavs'Rus* werthodd rhein i ni – rhyw gwmni o Stoke wnaeth y pan – di o ddim wedi'i stampio 'Bai Roial Apointment'. Ac os ydach chi'n rhoid pan newydd mi fydd rhaid i chi gal sinc i fatsho."

"Fe allai hwnna fod yn eitem o wariant felly." Roedd hynna yn fwy o ddatganiad nag o gwestiwn gan y Cadeirydd.

"Yn drydydd. Dylid darparu tri rholyn o bapur triphlyg, o liw glas ysgafn wedi ei gadw ar dymheredd cyson o 18 gradd sentigred am ddwyawr cyn yr ymweliad."

"Gewch chi iwsho cwpwr tanc tŷ ni i gadw'r papur," cynigiodd Robin y Post. "Ac ma catalog John Edwards yn rhestru'r bog rôls gora – rhai ohonyn nhw yn seithbunt y rôl. Mi fydd yn anrhydedd i Jini a finna gael cyflwyno'r rhein fel rhodd fechan…"

"Twenti wan cwid i sychu…!" Pum gair yn unig gafodd Gethin Cayo ei ynganu cyn i Iohannes dorri ar ei draws.

"Y Cynghorydd Gethin Cayo!" Ond roedd Gethin ar gefn ei geffyl.

"Arclwy! Gadwch iddo fo sychu'i dîn hefo papur calad fath â ma pawb arall sy'n iwsho'r neuadd ma yn i neud!"

"Y Cynghorydd Gethin Cayo. Rydw i yn eich rhybuddio chi!" Roedd Iohannes yn dechrau colli'i amynedd, ond doedd o ddim yn siŵr sut i fygwth Gethin. Nac ychwaith gyda beth. Adfeddiannodd ei hun ac unwaith eto anwybyddodd sylwadau Gethin.

"Dw i'n sicr ein bod ni'n gwerthfawrogi'n fawr iawn gynnig y Cynghorydd a Mrs Roberts y Post. Ymlaen i rif pedwar. Dylai'r golau yn yr hwylusfa fod o leia'n 150 watt a switsh llinyn modern i gyd-fynd â British Standard 23456 yn hongian o fewn hanner medr i'r drws."

"Bylb wan ffiffti long laiff yn costio saith punt."

Gwaeddodd Alan Sbarc. "Pwl switsh yn ddeg arall. Gewch chi nhw gynna i am trêd – deg punt am y ddau. A wna i ddim codi dim am y llafur o'u gosod nhw."

"Unwaith eto, dw i'n siŵr ein bod ni'n ddiolchgar iawn i'r Cynghorydd Alan Jones am ei haelioni yntau."

Gwenodd Alan Sbarc ac ymchwyddodd nes iddo glywed sibrydiad o'r tu cefn "Os byddi di'n gneud y basdad bach mi dy ddyrna i di!"

"Y Cynghorydd Gethin Cayo, oes gynnoch chi rywbeth i'w ddweud?"

Ysgydwodd Gethin ei ben yn ddiniwed cyn sibrwd dau air arall yng nghlust Alan Sbarc. "Ladda i di!"

"Eitem pump. Rhaid cael clo ar yr hwylusfa i safon *Chubb* 4-lifar *Mortice dead-lock* gyda goriad o'r tu fewn yn unig."

"Eti cwid trêd." Gwaeddodd Ifan Saer gan frathu'i dafod cyn dweud mwy, na chynnig ei wasanaeth yn rhad ac am ddim. Roedd o wedi clywed bygythiad Gethin Cayo ac ni lithrodd mwy na'r tri gair oddi ar ei wefusau.

"Eitem chwech." Prysurodd y cadeirydd yn ei flaen. "Dylid neilltuo chwe chylchgrawn amrywiol e.e. moduro, polo, compiwtars, ceffylau etc, ar silff nid nepell o'r llestr."

"Silff ugian punt." Gwaeddodd Ifan Saer.

"Cylchgronna pymthag." Gwaeddodd Robin Post.

"Saith. Rhaid darparu dŵr poeth ac oer, gyda sebon *Sunlight Green Fragrance* a dau liain o liw tywyll yn mesur tair troedfedd wrth ddwy a hanner."

"Arglwydd!" Daliodd pawb eu gwynt. Roedden nhw'n

disgwyl rhywbeth mawr o du Gethin Cayo, ac fe ddaeth.

"Dan ni'n mynd i dalu am stabal a bêl o wellt i'r Camilla ma hefyd?!"

"Out! Out!" Roedd Iohannes Pescado wedi dod i ben ei dennyn. "Feddyliais i erioed y byddai'n rhaid i mi ofyn i Gynghorydd adael yr ystafell yma. Mewn saith mlynedd a deugain o fod yn Gynghorydd, chlywais i erioed y ffasiwn eiriau."

Ond roedd Gethin Cayo wedi c'nesu iddi erbyn hyn.

"Tyrd o'na Iohannes! Brin wsnos yn ôl, roeddan ni'n dadlau ac yn ffraeo am wario hannar can punt am glirio rybish er lles ein pobol ein hunain, rŵan dan ni'n sôn am wario mil, ella mwy, er mwyn i ddarpar frenin Lloegar gal cachiad!"

"Mister Khadeirith. Tra rhydhoo hee'n cytuno hevo sylweth yr hyn mha'r Cinghorydd Cayo yn ei thweid, fedrha i ddeem cytheeno hefo'i ieithwedd. Ohnd mae hee'n cam mhaoor ah vo i'w gyrru vo o'r cyvarffod."

"Cynnig ei fod o'n cael aros," meddai Alan Sbarc gan feddwl y basa hynny'n lleddfu rhyw gymaint at ddicter Gethin Cayo tuag ato.

"Eilio," meddai Smith Higginbotham.

Cododd murmur o gefnogaeth gyndyn o'r llawr ac am unwaith tybiai Iohannes ei fod efallai wedi croesi'r llinell ddiadlam.

"Mi gariwn ni ymlaen," meddai Iohannes gan wthio'r geiriau yn gwbl groes i'r graen drwy'i ddannedd. "Yn wythfed, dylid crogi drych dwy droedfedd wrth dair, gyda'i linell groes-ganol i uchder o bum troedfedd a chwe modfedd oddi ar y ddaear."

"Sêl yn B & Q, Mistar Cadeirydd!"

Ac yno gadawodd Iohannes Pescado y trafod ar y manylion. Gwyddai ei fod wedi rhuthro trwyddynt, ond roedd o wedi meddwl y byddai mwy na Higginbotham a Gethin yn erbyn.

"Gadwch i mi grynhoi," meddai. "Hyd y gwela i mi fydd rhaid i ni wario ar wresogydd, swît porslên, clo, switsh trydan, c'nesu'r lle a drych. Mae gweddill yr eitemau yn cael eu cynnig yn rhoddion gan wahanol gynghorwyr."

"Cynnig bod yna is-bwyllgor yn prisio'r cyfan ac yn cael hawl gweithredu! Y Cadeirydd, yr Is-gadeirydd, Cynghorydd Alan Jones a Wil Saer a'r Clerc," cynigiodd Owain Glyndŵr Pritchard.

"Eilio," meddai Cecil.

Saethodd pob llaw ond dwy i'r awyr.

"Wedi'i gario gyda mwyafrif llethol," datganodd y Cadeirydd gydag ochenaid o ryddhad.

"Un peth arall, Mistar Cadeirydd." Clirodd Owain Glyndŵr ei wddf. "I sgafnu baich y Clerc dw i'n cynnig ein bod ni yn gosod hon i gontract, hefo un cwmni neu un person yn gyfrifol am yr holl waith. Ac yn fama mi leciwn i ddatgan diddordab ac ymneilltuo o'r drafodaeth, oherwydd fel y gwyddoch chi mae gen i ddau fab yn y busnas fasa'n medru gneud y gwaith yma i safon uchel ac yn rhatach na neb arall. Mi fydd Cecil y mab-yng-nghyfraith yn ymneilltuo hefyd."

Ar unwaith neidiodd Gethin Cayo a Higginbotham ar eu traed, ond hyd yn oed gyda Cecil ac Owain Glyndŵr Pritchard wedi ymneilltuo doedd gan y ddau ddim gobaith yn erbyn y gweddill. Fe gafodd Owain Glyndŵr Pritchard ei ffordd a phenderfynwyd o ddeg pleidlais i ddwy mai ffyrm ei feibion fyddai'n gwneud y gwaith angenrheidiol ar y toiled.

Bu'n rhaid dirwyn y cyfarfod i ben mewn anhrefn llwyr gyda Iohannes Pescado yn galw Gethin Cayo ato am sgwrs. Ei unig fwriad mewn gwirionedd oedd rhoi cyfle i'r cynghorwyr eraill ddianc rhag dyrnau a dial yr eithafwr.

Ond Smith Higginbotham gafodd y gair olaf, gan mai y fo oedd yn gyfrifol am ysgrifennu'r adroddiad i'r papur lleol. Fo hefyd oedd yn gyfrifol bod swyddogion o M15 wedi eu hanfon i Benbuwch. Yn bennawd i'w stori yn yr Herald yr wythnos ganlynol, roedd wedi rhoi:

"Ymddiried Esmwythdra'r Tywysog i Feibion Glyndŵr".

7 BYG

Mae hi'n ddau funud i naw, ac fe fydd Hugh
Edgebaston Jones yn cerdded drwy'r drws unrhyw
funud. Fel lloua ufudd fe fydd yr hanner cant ohonom yn
edrych tuag ato o'n dîp litars gwydr ac yn deud "Bore da
Misdar Jones!" ac fe fydd yntau'n gwenu a dweud "Bore da."
yn ôl, cyn gneud bî lain am ei swyddfa. Wedyn fe fydda i'n
cael y gorchymyn i fynd ato.

"Faint?"

Dyna'i gwestiwn un gair fel y bydda i'n croesi'r trothwy
i'w swyddfa.

I ateb y cwestiwn hwnnw mi fydda i yn dod i'r gwaith
am hanner awr wedi saith bob bore. Am ugain munud i
wyth fe fydda i wrth y prif gompiwtar yn agor y post rhyng-
rwydol ac yn prosesu'r archebion ddaeth o'r Unol Daleithiau
a thir mawr Ewrop yn ystod oriau'r nos a'r bore bach. Erbyn
chwarter i naw, mi fydda i wedi eu prosesu. Wedi eu
bwndelu'n barod i'r gwahanol gownteri; wedi mewnbwnio
rhifau'r cardiau credyd a'r symiau i'r derfynell *on-line*; ac
wedi cael cyfanswm gwerth yr archebion i Mr Jones erbyn
naw.

Yn ogystal â hynny, mi fydda i wedi didoli post y bore yn
ddau bentwr. Un pentwr iddo fo, ac un i mi.

"Bora da iawn eto Brian!" fyddai ei sylw wrth edrych ar y print-owt.

"Cant ac ugain o filoedd o ddoleri Mr Jones. Pedwar ugain mil o Euros. Rhyw bum cant o archebion gwahanol i gyd."

A bob bore, mi fyddai'n ysgwyd ei ben yn fodlon ac yn dweud:

"Y peth gora wnest ti oedd rhoi'r tudalennau 'na ar y wê i mi, Brei. *Well done* chdi. Gofia i amdanach chdi 'sti!"

Ac ar ddydd Gwener, wedi gwneud yn siŵr nad oedd neb arall yn edrych, fe fyddai'n taflu amlen ar fy nesg i. Yn honno fe fyddai siec fy nghyflog wythnosol – tri chant dau ddeg un o bunnau – a phapur ugain punt – fy monws am droi cannoedd o filoedd o bunnau i'w boced o bob wythnos.

"Jyst rhywbeth bach…" byddai'n dweud gyda hanner gwên. Ac fe fyddwn innau'n dweud yn ddieithriad, "Diolch, Mr Jones."

A gweddill y dydd mi fyddwn i'n gwylio tra byddai archebion yn cyrraedd o bob rhan o'r byd. Ar ddiwrnod da, fe allai cyfanswm yr archebion fod cymaint â chwarter miliwn o bunnau – a phawb bron yn ddieithriad yn talu hefo cerdyn credyd.

Bob prynhawn, am hanner awr wedi pump, fe fyddwn yn cerdded y chwarter milltir i fy fflat, ac ambell noson fe fyddai Hugh Edgebaston Jones yn pasio yn ei Jaguar XK40. O ran diddordeb unwaith, fe edrychais mewn cylchgrawn beth oedd gwerth y car – £64,000. Ac fel yr edrychwn ar y pris fe ddaeth sŵn Owain G. yn waldio'i ddrymiau o'r fflat uwch fy mhen. Dduw'r Nef! Beth â wneuthum i haeddu hyn?

Grŵp o hogia di-waith oedd yr Hymdingars. Pump o hogia clenia erioed, yn berchen hen fan i gludo'u gêr o gig i gig, a thrwy Gynllun Edgbaston Jones yn y Gymuned, yn defnyddio un o hen adeiladau'r cwmni i ymarfer. Ond wrth gwrs roedd rhaid i Owain G. gael ymarfer adre hefyd.

Wedi'r newyddion chwech, fe fyddwn yn tanio'r compiwtar ac wedyn mi fyddwn yn fy seithfed nef am deirawr neu fwy. Roedd popeth ar fy nghompiwtar ac yn fy nghompiwtar. Roeddwn i'n sgwennu fy nofel fawr – honno sydd yng nghrombil pob un ohonom – ac yn breuddwydio am yr holl arian byddai hon yn dod yn ei sgil. Ac roedd gen i fy ffeiliau ariannol. Fy nghyfrifon banc, taliadau fy rhent, a'r ychydig ddablo byddwn i'n ei wneud hefo stocs a siars.

Ac ar yr adegau hynny fe fyddwn yn breuddwydio am agor y ffeiliau un noson a gweld symiau pump a chwech a saith ffigwr gyferbyn â f'enw fy hun. Un dydd, yfory, rhyw yfory efallai…

Ond y gwirionedd oedd, yn bymtheg ar hugain oed, roedd gen i'r cyfanswm o £2,987.57 yn gredyd i fy enw. £1,900 mewn stocs a siârs, a'r gweddill mewn cyfrif cadw yn y banc. Dyna swm a sylwedd fy mywyd hyd yma.

Yr wythnos hon yn unig, roedd cwmni Hugh Edgebaston Jones wedi cymryd yn agos i ddwy filiwn o bunnau – y rhan fwya ohono oherwydd fy ymdrechion i. Estynnais feiro. Fe gymerai dros chwe mil o flynyddoedd i mi grynhoi'r swm yna!

A dyna pryd y'm trawodd y gallwn ychwanegu rhyw fymryn at fy incwm pitw drwy ddefnyddio fy sgiliau cyfrifiadurol. Estynnais gatalog y cwmni ac edrych drwyddo. Dyma un enghraifft: *Toshiba Zip Drive* – roedd un yn costio £199.00, dau yn costio £189.00, a thri neu fwy yn costio £179.00. Beth petawn i yn prynu tri am £179.00 yr un. Aros nes byddai tair archeb unigol yn dod, eu gwerthu fy hun am y pris uchaf, a dyna £60.00 yn y banc! Doeddwn i ddim yn dwyn arian yng ngwir ystyr y gair. Dwyn archeb oeddwn i. Ac roedd yna bum cant o'r rheini yn dylifo'n ddyddiol i'r cwmni. Tair mil a hanner o archebion yn wythnosol, cant wyth deg o filoedd o archebion yn flynydd-ol. Pe tawn i'n arall gyfeirio un y cant o'r rheini i fy mhoced fy hun ac yn gwneud cyfartaledd elw o £20 ar bob un – dyna fonws o £36,000 haeddiannol mewn blwyddyn!

Mi fuo'r syniad yn corddi yn fy mhen i am rai dyddiau. Fe ddechreuais studio'r archebion ddeuai i'r cwmni'n fanylach. Ac yn fuan fe sylweddolais fod gen i broblem. Byddai'n rhaid i mi gael cwmni, cyfrif banc a threfniant hefo *Visa* a *Mastercard* – y ddau gwmni mwyaf – i dderbyn eu cardiau credyd. Fe fyddai'n rhaid cael rhywun i gasglu'r nwyddau a'u hail ddosbarthu. Doedd hi ddim yn mynd i fod mor hawdd â hynny. Ond doedd hi ddim yn amhosibl.

Â minnau'n synfyfyrio daeth sŵn o'r llofft. Owain G. a'i ddrymiau! Roedd o'n mynd ar fy nerfau! Pam y bu'n rhaid iddo symud i'r fflat uwch fy mhen i o bawb? Rhwng Owain G. a'r syniad oedd yn corddi yn fy mhen, cwsg anesmwyth ddaeth i mi'r noson honno.

Rhywbryd ganol nos fe godais yn sydyn ar fy eistedd a'r chwys yn byrlymu ar fy nhalcen. Owain G. a'i grŵp! Nhw oedd fy achubiaeth!

Am hanner awr wedi wyth fore trannoeth roeddwn yn cnocio ar ddrws fflat Owain G. A chnocio y bûm i am gryn bum munud.

"Be dach chi isho?" gofynnodd llais cryglyd o'r pen hanner cysglyd. Yna ychwanegodd, "Wn i! Cwyno am y sŵn neithiwr, mwn!"

"Ia, a naci," atebais.

"Y?" Ei hoff air unsill.

"Wyt ti isho hannar canpunt?"

"Am be?"

"Menthyg goriad y cwt ymarfer am fora, a chario unrhyw bost ddaw yno i mi bob dydd."

"Y?" meddai drachefn.

Ond cytunodd.

*　*　*

Dair wythnos yn ddiweddarach roedd y cynllun wedi ei berffeithio. Yr unig beth roeddwn ei angen rŵan oedd y nerf i ddechrau. I gael fy mhres cychwynnol, gwerthais fy siariau a gwagiais fy nghyfrif cadw. Un peth oedd ei angen ar frys oedd enw i'r cwmni newydd.

Gallwn fasnachu o dan fy enw fy hun, ond doedd cwmni o'r enw Brian Yoland Griffiths ddim yn taro deuddeg rhywsut, a beth bynnag allwn i ddim fforddio hysbysebu f'enw'n rhy gyhoeddus rhag i Hugh Edgbaston Jones ddod i glywed am hynny. Ac yna meddyliais am fy llys enw yn yr ysgol erstalwm – BYG!

Wedi siarad ar y ffôn hefo *Mastercard* a *Visa*, deallais y byddai'n haws pe bai cangen fy Manc yn gwneud y trefniadau, ac wrth gwrs fe fyddai cynrychiolydd angen dod draw i weld pencadlys y busnes… Mater bychan oedd perswadio'r cynrychiolydd nad oeddwn eto wedi dechrau ar y gwaith addasu oedd ei angen ar yr adeilad lle roedd y band yn ymarfer.

Fe fu pethau'n haws nag oeddwn i'n tybio. O fewn wythnos roeddwn i'n un o farsiandïwyr y cwmnïau credyd ac wedi agor cyfrif banc.

Ac ymhellach roeddwn i'n argyhoeddedig na fyddai unrhyw ffordd i Hugh Edgbaston Jones ffeindio beth roeddwn i'n ei wneud.

Fu Owain G. erioed yn gweithio mor galed! Fe fyddwn i'n e bostio fy archebion i'r cyflenwyr o fy ngwaith bob bore ac yn prosesu labeli i'w gosod ar archebion fy nghwsmeriaid. Roedd pob deliferi yn cyrraedd pencadlys yr Hymdingars rhwng un a dau yn y prynhawn – fy awr ginio – a byddwn yn eu labelu a'u rhoi yn fan y grŵp yn barod i Owain G. fynd â nhw i bencadlys NTT i'w dosbarthu yn y prynhawn.

Wedi talu Owain G. ac NTT roedd gen i £1,000 o gredyd ar derfyn fy mis cyntaf o werthu. Dyblais hynny yn yr ail fis, ac roedd yn agos at £3,000 erbyn y trydydd. A doedd Hugh Edgbaston Jones ddim wedi sylwi ar yr ychydig archebion nad oeddynt yn cyrraedd ei gwmni. Ond rŵan roedd gen i broblem. Amser.

Doedd fy awr ginio, ac oriau hamdden gyda'r nos a'r bwrw Sul ddim yn ddigon i redeg fy musnes fy hun, ac roeddwn i'n nerfus iawn y byddai rhai o weithwyr Hugh Edgbaston Jones, neu'r bos ei hun hyd yn oed, yn sylwi ar yr holl fynd a dwad oedd yna yn yr hen warws bach.

Un bore, fodd bynnag, roedd yna broblem nad oeddwn wedi ei rhagweld yn f'aros, a lwc mul oedd i Elfyn Riley ddod ata i, yn hytrach na mynd yn syth at Hugh Edgbaston Jones.

"Boi o Exeter wedi prynu *enhancer* a rhywbath yn bod arno fo, a dydi rhif yr infois ddim yn gneud sens. A dydi'i enw fo ddim lawr ar restr y cwsmeriaid chwaith!"

"Gad o hefo fi," dywedais yn ddidaro. "Sortia i o," ond mi deimlwn y gwrid yn codi i fy mhen. Ac o'r diwrnod hwnnw bu'n rhaid i mi berswadio Hugh Edgbaston Jones y dylwn i ymgymryd â phrosesu'r cwynion yn ogystal â'm dyletswyddau eraill.

"Gan mai fi sy'n gweithio ar y bas-data, mi fydd yn haws i mi eu cofnodi fel maen nhw'n dod i fewn. Taim an Moshyn fyddech chi'n arfar ddeud, ynte Mr Jones?"

Gwenodd a chytunodd a rhoddais innau un ochenaid hir o ryddhad.

Gwyddwn y deuai'r amser y byddai'n ddoethach i mi fynd a gadael y cwmni cyn i rywun amau. Ac roedd gen i gynllun ar gyfer hynny hefyd. Roedd y byg gwneud pres wedi gafael o ddifri, a doedd dim ots gen i sut, y peth pwysica oedd troi punt yn ddwy a dwy yn bedair.

Roeddwn i'n byw o fewn hanner awr i Gaergybi a dwy awr oddi yno roedd Dulyn. Ac i un o fanciau'r Weriniaeth y penderfynais symud fy mhres sbâr i gyd. Pan gyrhaeddodd swm fy nghyfrif yn £50,000 fe ges lythyr gan swyddog buddsoddi o'r banc yn cynnig dod draw i 'ngweld.

Trefnais i'w gyfarfod ym Mangor. Dyn a hanner oedd Donal Connolly. Ac yntau'n tynnu am ei ddeugain, roedd o'n ddyn banc o'i gorun i'w sawdl, a bu'n ceisio fy mherswadio i fuddsoddi yn yr hirdymor hefo'i fanc. Roeddwn innau'n dadlau nad oeddwn i eisiau clymu fy mhres am yn hir. Dyn y tymor byr oeddwn i. Wedi mynd trwy ei sbîl arferol a gweld nad oedd dim yn tycio ymlaciodd. Aeth un peint yn ddau ac yn bump ac yn ddeg! A dyna pryd y dywedodd, "*I could turn dat fifty t'ousand into seventy foive in a week for you, but you'd have to give me five t'ousand in cash!*"

"*How?*"

"*Stillorgan Farm.*"

"*Where's that?*"

Eglurodd fod ei fanc newydd gymryd meddiant o'r fferm oedd yn ffinio â stad ddiwydiannol ar gyrion Dulyn. Roedd ei pherchennog newydd farw ac mewn dyled o £50,000 i'r banc; roedd tŷ a deugain acer o dir ynghlwm wrthi hi. Cyn belled ag roedd y banc yn y cwestiwn, pe caen nhw eu £50,000 fe fydden nhw'n fodlon.

Roeddwn i mewn penbleth. Yna eglurodd Donal.

"*Just before he died the farmer gave me a copy of a letter of offer from Toyota Cars. They wanted ten acres of his land and were willing to pay £75,000 for them."*

Beth oedd gen i i'w golli? Mewn tri mis, nid yn unig roedd gen i £70,000 ym manc Donal, ond roeddwn i hefyd wedi gwerthu'r fferm mewn ocsiwn am £40,000 arall. Fe gafodd Donal £5,000 o hwnnw hefyd.

Yn aml wedyn byddwn yn cael e bostiau cryptig ganddo. Fel hwnnw ddaeth gyda'r gorchymyn – *"Instruct me to buy 10,000 shares in Watkins Construction at £2.50"* Mi wnes. Dridiau yn ddiweddarach daeth neges arall. *"Instruct me to sell Watkins at £4.89"* O sganio'r papurau gwelais fod *Watkins Construction* wedi ennill cytundeb i adeiladu darn o draffordd rhwng Dulyn a Port Laoise. £23,000 o elw i mi am gost dau e bost!

Oedd, roedd y byg wedi gafael. Ac roeddwn i'n dal i werthu'n ddyddiol o bencadlys yr Hymdingars, a'r band i gyd erbyn hyn yn derbyn arian sychion yn wythnosol gen i.

Y dydd y daeth *Whizz Computer Security* i ymweld â'r cwmni fe rois i dri mis o rybudd i Hugh Edgbaston Jones fy mod yn gadael. Fe wyddwn, yn ôl y ffordd yr oedden nhw'n bwriadu ail-strwythuro'r system gyfrifiadurol, bod fy nyddiau gyda'r cwmni ar ben. Ond fe ddysgais i lawer gan *Whizz Computer Security* tra buon nhw'n cynghori Hugh Edgbaston Jones. Sut roedd agor cyfrifon banc a symud arian o un wlad i'r llall; sut roedd delio mewn stocs a siariau yn Efrog Newydd, Tokyo, Paris, Berlin – a'r cyfan drwy derfynell ffôn a chyfrifiadur.

"Goda i dy gyflog di!"

"Doctor wedi deud wrtha i am fynd i le c'nesach.

Meddwl am dde America…" celwydd i gyd.

"Anhapus hefo'r cwmni newydd cyfrifiadurol yma w't ti?"

"Naci. Mae o'n g'neud sens eich bod chi'n cael y system ora bosib."

"Roia i £1000 y flwyddyn o godiad i ti!"

A dyna beth oedd fy ngwerth i Hugh Edgbaston Jones aie? £20 yr wythnos!

Ond fe fu'r tri mis yna yn rhai prysur eithriadol, yn enwedig y mis olaf. Ar ddechrau'r mis hwnnw fe fûm yn gweithio'n hwyr un noson. Yn hwyr iawn. O'r pum can tudalen oedd ar safle Hugh Edgbaston Jones ar y wê, newidiais eu hanner gan roi rhif llinell ffôn fy nherfynell fy hun yn ei lle.

Dylifodd yr archebion i mewn. Gwerth tair miliwn ohonyn nhw ac fe roddodd hynny elw taclus o filiwn o bunnau i mi. O'u buddsoddi gallwn dderbyn llog oddeutu £30,000 + y flwyddyn, gallwn fyw ar hynny'n rhwydd yn Sbaen, Gwlad Groeg neu rywle arall.

Cyn gadael cwmni Hugh Edgbaston Jones, newidiais rif ffôn y derfynell yn ôl, ac fe adewais anrheg yng nghrombil y cyfrifiadur i Mr Jones. Pan ddeuai'r mileniwm newydd fe fyddai'n sylweddoli beth yn union oedd fy ngwerth. Fe ges i fonws o £250 ganddo wrth adael.

Fe es â chydig o bethau eraill i 'nghanlyn hefyd, yn eu plith rhestr cwsmeriaid y cwmni, ac roedd yna 40,000 ohonyn nhw.

* * *

Cyn gadael fy mro enedigol a symud i fyw i Ddulyn fe rois i £10,000 i'r Hymdingars gael gêr newydd. Torrais bob cysylltiad â phawb – ar wahân i'r banc a'r cardiau credyd. Cedwais eu cyfrifon nhw ar agor er y gwyddwn na fyddai fawr ddim o gwbl yn mynd trwyddyn nhw – am rai misoedd beth bynnag.

Newidiais fy enw i Brian Jones, ac fe gofrestrais gwmni yn Iwerddon o'r enw *Brian Jones Investments* – gyda gwraig Donal a minnau'n gyfarwyddwyr arno. Prynodd y cwmni *apartment* foethus ger Almeria yn ne Sbaen.

Fe ges i dri mis o fyw'n fras yn Nulyn cyn penderfynu symud i fyw i'r *apartment* yn Port Village. Fe ges i chwe mis bendigedig yn Port Village. Daeth Donal a'i deulu ata i ddwywaith am seibiant, ac ar eu hail ymweliad fe drawodd y ddau ohonom ar syniad allai wneud elw o hyd at filiwn o buntiau Gwyddelig i ni.

Er mwyn i'r cynllun lwyddo, byddai'n rhaid i ni ffeindio cwmni wedi ei listio ar y Gyfnewidfa yn Nulyn oedd yn wynebu ffigurau blynyddol trychinebus. Wedi i siariau hwnnw ddisgyn fe fyddwn i'n eu prynu mewn blociau o 20,000 dros gyfnod o fis, gan obeithio na fyddai'r pris yn codi'n sylweddol. Donal fyddai'n gyfrifol am weddill y cynllun.

Daeth neges oddi wrth Donal ymhen yr wythnos. *Brendan Steel Fabrication*, yn rhagweld colledion o dros filiwn o bunnau, eu siariau wedi gostwng o 78c i 13c. Dechreuais brynu. Dros y mis, fe gostiodd 613,000 o siariau yn go agos at £90,000 i mi.

Ffrind iddo o *Watkins Construction* oedd â'r dasg o gychwyn ail hanner y cynllun. Roedd tair pont i'w codi ar draws y draffordd yr oedden nhw ar fin ei hadeiladu. Derbyniodd *Brendan Steel Fabrication* alwad ffôn yn gofyn iddynt gynnig pris am osod sgaffaldiau, a darparu *netting* i'w osod yn y pileri concrid fyddai ar y pontydd.

Pan welodd un o gyfarwyddwyr *Brendan Steel Fabrication* y gallai hon fod yn job oedd yn werth £7m o bunnau cysylltodd â'i gyd-gyfarwyddwyr. Cafwyd penderfyniad unfrydol y byddai'r cyfarwyddwyr yn prynu gymaint o siariau'r cwmni ag y gallent gan fod y pris mor isel.

Mewn dwy awr o brynu gwyllt cododd gwerth siariau'r cwmni i 87c a dyna pryd y dechreuodd Donal blagio'r delwyr bod ganddo archebion am nifer sylweddol o'r siariau. Erbyn canol y prynhawn, â'r siariau'n dal i godi yn eu gwerth, roedd sibrydion gwyllt drwy'r ddinas am gytundeb £10m oedd ar ei ffordd i *Brendan Steel Fabrications*, ond doedd dim modd cysylltu ag un o'r cyfarwyddwyr, ac roedd y siariau yn anodd i'w cael.

Hanner awr cyn i'r farchnad gau, gwerthais fy 613,000 am £1.64 yr un. O fewn tridiau fe fyddai gen i a Brendan dros £900,000 o elw.

Gyda 'nghyfran i o'r arian hwnnw fe brynais *villa* yn Lanzarote, ar gyrion Puerto del Carmen. Nefoedd o le, lle gallwn yn hawdd dreulio gweddill fy oes yn gwagswmera ac yn mwynhau. Fel bonws, am £20,000 fe lwyddodd Donal i gael pasbort Gwyddelig i mi. Rŵan roeddwn i'n swyddogol yn Brian Jones, ac yn gobeithio, cyn belled â bod pawb yn deall, bod Brian Yoland Griffiths wedi diflannu oddi ar wyneb y ddaear. Ond roedd yna anniddigrwydd yn dal i gyniwair. Roedd y byg yn dal gen i. Yr awydd i wneud un peth. Un peth mawr.

Yn Nhachwedd 1999 roeddwn i wedi penderfynu. Roedd fy amser i wedi dod i weithio ar fy sgêm ariannol fwyaf erioed. Yn ganolog i'r cynllun, ar y naill law, roedd bas-data Hugh Edgbaston Jones, ac ar y llall roedd byg y mileniwm. Roedd bron i flwyddyn ers pan oeddwn i wedi gadael y cwmni a go brin y cawn i fy nghysylltu â dim, ac os byddai arafwch y cwmnïau cardiau credyd mor ddiarhebol ag arfer roedd gen i fis neu ddau i symud a chuddio hyd at £10,000,000.

Daeth Donal ataf am wythnos i weithio ar fanylion y cynllun. Fel sylfaen i 'nghynllun bu'n rhaid agor 200 o gyfrifon banc ledled y byd. Roedd yn fwriad gen i drosglwyddo oddeutu £50,000 i bob un ohonyn nhw. Ac fe ddewisais yn ofalus y gwledydd ble roedd y cyfrifon. Unrhyw wlad nad oedd ar delerau da â Lloegr oedd y man cychwyn. Gallai hynny lesteirio'r gwaith o olrhain yr arian, ond yr un peth allweddol oedd amseru.

Dros gyfnod y mileniwm roedd y banciau'n cau rhwng y Nadolig a Gŵyl y Mileniwm am wyth niwrnod. Ar bob un o'r dyddiau hynny fe fyddwn i'n trefnu bod £1.1m o bunnau yn mynd i mewn i 'nghyfrif cardiau credyd i ac yn cael ei ddrosglwyddo'n syth i'r cyfrif canolog. O hwnnw fe fyddai trosglwyddiadau fesul £50,000 yn cael eu gwneud i'r gwahanol gyfrifon dros y byd, ac o'r rheini, dros gyfnod o ddeng niwrnod, i un cyfri yn y Swisdir. Cyn hanner dydd ar Ionawr 2il 2000 byddai fy holl gyfrifon ym Mhrydain wedi eu cau. Ac erbyn dydd Llun y 10fed, ar wahân i nghyfrifon yn Iwerddon a'r cyfrif yn Lanzarote oedd yn cael ei fwydo o'r Swistir, mi fyddwn wedi setio fy hun yn barod am fywyd o foethusrwydd pur.

Y gwaith mwyaf fu trefnu bod y 40,000 o gwsmeriaid Hugh Edgbaston yn prynu offer gwerth tua £250 yr un gen i yn ystod gwyliau'r Nadolig. Roedd manylion eu cardiau credyd gen i gyd – rhifau'r cardiau a'r dyddiad pryd roedden nhw'n dod i ben – pe bai rhai eisoes wedi dod i ben, roeddwn i'n ychwanegu dwy flynedd at yr hen ddyddiad, yn ôl trefn y rhan fwya o gwmnïau cardiau credyd.

Hwn fyddai unig gliw cychwynnol yr heddlu. Pan gaen nhw filoedd o gwynion am symiau o £250 yn diflannu o gyfrifon cwsmeriaid *Visa* a *Mastercard* fydden nhw ddim yn hir yn sylweddoli bod y cwynwyr i gyd ar un adeg wedi prynu nwyddau gan H.E.J. Enterprises. Byddai fy enw i'n siŵr o gael ei grybwyll fel cyn-weithiwr a phan fyddai unrhyw un yn teipio'r allweddair BYG i acsesu fy ffeiliau, fe fyddai'n rhy hwyr iddyn nhw sylweddoli bod y gair hwnnw yn cychwyn proses, nid o agor fy hen ffeiliau, ond o ddileu holl fas-data'r cwmni.

Am hanner dydd ar ddydd Gwener Rhagfyr 24ain dechreuais anfon yr archebion i fy nghyfrif *Mastercard/Visa*. Erbyn hanner nos roedd miliwn a hanner o bunnau yn fy nghyfri a fedra i byth ddisgrifio'r wefr ges i pan sylweddolais fod hwnnw wedi ei wagio a'i drosglwyddo i gyfrif BYG.

Chwarter awr yn ddiweddarach ac roedd £50,000 yr un mewn cyfrifon yn Libya, Groeg a'r Ariannin.

Dyna'r gwyliau Nadolig rhyfeddaf a dreuliais erioed. Pob awr o bob dydd yr oeddwn yn effro mi fûm wrthi fel lladd nadroedd, a chyda phob awr roedd fy nghyfrifon ledled y byd yn chwyddo. Ar y pumed dydd, dechreuais symud yr arian o'r cyfrifon hynny i'r Swistir. Dim y cyfan ar y tro, ond fesul pum, deg a phymtheg mil – rhag ofn i ryw gwdyn llygatgraff yn rhywle synhwyro rhywbeth.

Yn flinedig fe wawriodd dydd olaf 1999 â minnau £7.8m yn gyfoethocach a miliwn o hwnnw eisoes yn y Swistir. Roedd gen i ddiwrnod cyfan i drosglwyddo'r gweddill, yn gyntaf i gyfrif y cardiau credyd, a deng niwrnod arall i glirio'r cyfan i'r Swisdir.

Fe fûm i'n ystyried rhoi'r gorau iddi, a dweud digon yw digon, ond chawn i fyth gyfle fel hwn eto, ac roedd meddwl am wyneb Hugh Edgbaston Jones, pan ddeuai'r heddlu ato, a phan geisiai fynd i grombil fy ffeiliau i yn fy nghadw i fynd. Am chwech o'r gloch aeth yr archeb olaf, a chydag ochenaid o ryddhad es i'r oergell i nôl y botel siampaen. Er bod yna gorddi ym mhwll fy stumog, roedd hi'n argoeli y byddai'n fileniwm newydd dda.

Ionawr y 10fed wawriodd, a chyn deg o'r gloch y bore roedd yr olaf o'r £50,000 wedi eu trosglwyddo i'r Swistir a phob cyfrif banc wedi ei wagio a'i gau. Fe es am dro i lawr Stryd Fawr Puerto del Carmen. Er bod nifer o'r siopau wedi cau roedd ambell un yn agored. Oedais yn ffenestr un o'r gwerthwyr eiddo ar yr ynys. Na, doedd unlle i guro fy *villa* bresennol ar werth.

Sylwais ar y bwrdd anferth oedd yn llenwi hanner y ffenestr. Llain o dir am dri deg miliwn peseta i godi bloc o 500 o *apartments*. Roedd hynna'n gant a hanner o filoedd am sgwaryn bach o dir!

Yn hwyrach y prynhawn hwnnw cefais e bost gan Donal. Roedd *Mastercard* a *Visa* wedi cylchlythyru'r banciau oll yn holi am bob un trosglwyddiad ariannol oddeutu £50,000 a wnaed dros gyfnod y Nadolig. Er i mi deimlo rhyw ychydig o gynnwrf, fe wyddwn nad âi'r ymchwiliad ymhellach na fy manc lleol a phencadlys y cardiau credyd. Go brin y byddai conglomeradau mor fawr â nhw'n fodlon cyfaddef iddyn nhw gael eu twyllo o £10m.

Y noson honno roeddwn i'n gorwedd yn braf ar fy ngwely yn chwerthin. Cofiais yn sydyn am yr hysbyseb yn ffenestr y gwerthwr tai ac eiddo. Bloc o 500 o apartments! A siopau a bwytai ar y llawr isaf. Faint oedd rhent apartment am wythnos y dyddiau hyn? £400-£500?

A meddyliais am Hugh Edgebaston Jones! Beth oedd o'n feddwl am Brian Yoland Griffith erbyn hyn tybed? Faint o'r stori oedd o'n ei wybod? Yna fferrais.

Arglwydd Mawr! Roeddwn i ar fy nhraed ac yn gafael mewn beiro a phapur yn syth bin. Roedd £500 wedi ei luosi hefo 500 apartment yn £250,000 yr wythnos…!

8   CYNHADLEDD I'R WASG

Mi rydw i wedi galw Cynhadledd i'r Wasg, ac mi rydw i'n gweld fy hun yn cael amser go galed. Ond cyn mynd i'r Gynhadledd, mae gen i gyfaddefiad i'w wneud ger eich bron chi. Fe all hyn ddod fel sioc i chi, felly paratowch eich hun. Ydych chi'n barod? Reit – rydw i yn barod i gyfaddef.

Rydw i, Alfred Sprogitt yn cyfaddef mai fi sydd yn euog o losgi tai haf yng Nghymru – deg ar hugain, efallai ddeugain ohonyn nhw – erbyn hyn, rydw i wedi colli cyfri. Y fi sydd yn euog o losgi'r rhan fwya o'r tai haf ddifrodwyd yn ystod y pedair blynedd ar ddeg a aeth heibio.

Dydi'r rhif, na'r nifer ddim yn bwysig, y ffaith bwysig ydi, mai fi, Alfred Sprogitt sy'n gyfrifol, a 'mod i wedi llwyddo i dwyllo prif ddynion Heddluoedd Cymru, Scotland Yard, ac MI5 ers pedair blynedd ar ddeg. Twyllo pob un o'r bygars, pob un – ond un. Mae yna un plismon… un uchel swyddog sy'n gwybod mai fi sydd wrthi, a tydi hi ddim ond yn deg i chi gael gwybod pwy ydi hwnnw hefyd.

Efallai y dyliwn egluro ar y dechrau mai Sais ydw i. Fe'm ganed yn Llundain yn gynnar yn 1940. Roeddwn i'n ffrwyth yr hadau heuwyd cyn i 'nhad adael am y fyddin yn 1939. Pan oeddwn i'n bump oed, mi ges i fy anfon i Feirion fel efaciwî, a dyna pryd y daeth teulu Pen-y-bryniau yn deulu i minnau hefyd. Lladdwyd 'nhad yn uffern Valdenheim, a lladdwyd mam a fy Modryb Anna pan oeddwn i'n dweud fy mhader Nos Sul, Awst 4ydd 1945 ym Mhen-y-bryniau.

Un o fomiau'r Jyrmans yn chwalu'r stryd yn gyfan am naw o'r gloch y nos, yn ôl y papurau. Cant ac wyth o bobol a deugain o dai yn un gawod chwilfriw mewn chwinciad. Mae hynna wedi aros hefo mi byth. Tra oeddwn i'n rhoi fy mhen bach i lawr i gysgu, roedd mam ac Anti Anna yn cael eu hyrddio i dragwyddoldeb. Mae'n rhyfedd fel mae rhai pethau yn aros yn y cof, yn tydi?

Ond rhaid i mi fynd ymlaen. Ar y bosus mae'r bai mod i wedi dechrau llosgi tai haf. Roeddwn i wedi sylweddoli cenedl mor ddiasgwrn cefn oedd y Cymry yn ôl yn y chwe-degau, ond wnes i ddim dechrau casáu fy nghyd-Saeson o ddifri tan y ddamwain.

Roedd yr ymgyrch losgi yn mynd rhagddi ers pedwar mis pan rois i 'mhig i mewn. Dyna pryd digwyddodd y ddamwain ac mi losgais i'r tŷ cynta ar Sul y Blodau, yn 1980.

Mi gychwynnodd yr ymgyrch go iawn yn Rhagfyr 1979, ond doedd gan yr heddlu mo'r syniad lleiaf pwy oedd wrthi, na sut i fynd ati i'w dal, ac felly ar awr wan, ar fore Sul y Blodau 1980, ac o dan bwysau oddi uchod, dyma rowndio hannar cant o adar brith ledled Cymru, a gobeithio i'r nefoedd, o'u holi, y byddai un neu fwy gyda rhywfaint o wybodaeth am y llosgi. Mi wyddwn i beth fasa'n rhoi'r farwol i'r bygars (i'r heddlu dw i'n feddwl) – tŷ yn llosgi tra oedd y llosgwyr honedig yn y ddalfa. A dyna be wnes i. Mi es yn nhrymder nos i Geredigion, a thra oedd yr heddlu yn grilio Cymry bach ofnus a diniwed, mi griliais i dŷ haf yn Nhal-y-bont.

Dial oeddwn i. Dial ar ran y genedl Gymreig, nad ydw i'n perthyn drwy waed iddi. Dial ar ran Anti Elin ac Yncl Arthur, a dial ar ran Tomi Bach Pen-y-bryniau. Dial am be ddeudodd y bosus am y ddamwain, a blydi Saeson ydi'r bosus.

Wedi'r cynta, mi ddaeth yn haws.

Pan ddaeth Scotland Yard ar y sîn, mi surodd petha. Roedd yna deimlada drwg rhwng yr heddlu lleol â nhw, ac mi aeth y stori ar led bod MI5 a'u trwynau yn y busnes hefyd. Yn wir cymaint oedd y surni, fel y daeth rhai o aelodau'r Wasg i wybod am dacteg yr ymgyrch yn erbyn y Llosgwyr.

Rhoddwyd rhai cannoedd o larymau arbennig mewn tai haf ledled y Gogledd. Roedd pob larwm wedi'i gysylltu â'r Pencadlys ym Mae Colwyn, ac ni allai neb gael mynediad i'r un o'r tai yma heb i larwm ganu ym Mae Colwyn. Y syniad, oedd ceisio dal y llosgwyr wrth eu gwaith.

Ond mi ges i restr o'r tai oedd wedi'u weirio, ac mi losgais i rai nad oedd ar eu rhestr. Dal i ddial roeddwn i. Dial ar ran y genedl Gymreig ac am y cam wnaeth y bosus â Tomi Bach.

Mae dyn llwyddiannus wastad gam ymlaen ar ei elynion. I mi mae llosgi tai haf yn union fel chwarae gêm o wyddbwyll. Rhaid cynllunio pob symudiad yn ofalus, a cheisio rhagweld symudiadau'r gelyn. Doedd hynny ddim yn anodd – oherwydd tydi Heddlu Gogledd Cymru ddim yn medru chwarae gwyddbwyll, a thra maen nhw'n ricriwtio O-lefal ffêlds a Saeson yn dragwyddol i'r heddlu, lwyddan nhw byth chwaith. Ond pan da chi'n chwarae gwyddbwyll ar ran y genedl Gymreig, rydach chi'n trio cadw'ch gwerin, nid eu haberthu. A bod yn onest, yn nhermau cenedligrwydd, ŵyr y werin Gymreig ddim beth yw aberth.

Terry Roberts, Chief Riportar yr Herald yn fy nghornelu i yn Caffi Stryd Fawr un diwrnod ac yn deud:

"Mr Sprogitt! Dw i di clywad uffar o stori dda!"

"Be 'di hi felly?"

"Hogyn ffarm ym Mhen Llŷn allan yn gynnar yn y caea un bora hefo'i twelf bôr, ac yn gweld pedwar dyn go amheus yn dod tuag ato. Fonta'n gwybod bod yna dŷ haf dau led cae oddi wrtho fo, dyma fo'n rhoi cetris yn ei wn a'i godi'n ddidaro ar ei ysgwydd. Mi redodd y pedwar oddi yno nerth eu traed, ac yna sgrialu i hen Escort Gwyrdd oedd wedi'i barcio ym môn clawdd y cae. Mi gododd yr hogyn y rhif, a mynd i Bwllheli, ac ar ei union i'r Slobfa. Pan ddeudodd o'i stori, dyma'r sarjant yn chwerthin. "Tyrd yma," medda fo, ac yn pwyntio at gar wedi'i barcio yn y cefn. "Hwnna oedd y car?" "Ia," medda'r hogyn yn methu dallt. "MI5," medda'r sarjant, "Wedi'u gyrru o Lundan i ddangos i Defid Owan a minna sut mae dal Meibion Glyndŵr!" A chan wyro yn ei flaen, dyma fo'n deud yn dawal wrth yr hogyn, "Ond paid â deud wrth uffar o neb mai fi ddeudodd wrtha chdi!"

Roedd yna fwy o seicoloji ym mhen y sarjant yna nag ym

mhen y pedwar boi MI5 yrrwyd i Ben Llŷn. Roedd hwnna'n gobeithio y basa'r stori'n mynd ar daen, ac fe aeth.

"Stori dda!" medda fi'n ôl wrth Terry.

Y noson honno, mi es i Ben Llŷn. Fûm i ddim yn hir cyn dod o hyd i'r tŷ haf. Doedd o ddim ar restr MI5 fel tŷ gyda larwm ynddo, ac wedi syllu oddi amgylch am ychydig, mi sylweddolais i fod yna bobol yn ei wylio fo. Ond go brin eu bod nhw o ddifri ynglŷn â'u gwaith. MI5 oeddan nhw. Pedwar ohonyn nhw – mewn Escort gwyrdd.

Mi guddiais fy moto-beic yn ymyl yr Escort, ac wedi datod y nyts oedd yn dal olwynion ôl yr Escort, mi es ar fy mol a malwenna mlaen nes cyrraedd y tŷ.

Clustfeiniais. Chwarae cardiau oeddan nhw yn un o'r cytia allan. Mi gymrodd hi beth amsar iddyn nhw sylweddoli bod yna botal betrol wedi'i thaflu i'r tŷ, a phan glywson nhw sŵn y moto beic, mi ddaru nhw ymatab yn union fel Starsci a Hytsh – jymp i'r car a sgrialu ar ôl y drwgweithredwr.

Dw i ddim yn meddwl iddyn nhw deithio hanner can llath cyn i'r olwynion ôl a'r car ymwahanu. Roeddwn inna wedi trefnu fy ffordd ddianc yn ofalus. Lonydd cefn i gyd, ac mi roeddwn i adra yng Nghlwyd cyn i'r basdads gwirion yna ffonio'u hembaras i Golwyn Bê.

Ond mi wnes i hynna dros y genedl Gymreig. Dial oeddwn i am yr hyn ddeudodd y bosus.

Yr unig joban arall sy'n aros yn y co ydi'r tŷ 'na yn Fachwen. Mi gredish i'n gydwybodol mai honno fasa'n rhoi'r farwol i mi. Roeddwn i'n meddwl prynu car newydd, ac mi ofynnais i'r boi garej gawn i'i fenthyg am ddiwrnod. Rhaid i chi destio car newydd yn toes?

Eniwe, mi es i fyny i Fachwen a pharcio yno rhyw ganllath o'r tŷ yma. Tri o'r gloch y bora dyma dorri'r ffenast a gosod y ddyfais yn ei lle. Mi rois i awr o amsar arni. Hen ddigon o amsar i mi ddreifio adra. Ond fel rown i'n mynd i fyny'r allt yma, dyma olau'r car yn taro ar ffenast llofft rhyw dŷ, ac yng ngola'r car, mi welwn i wyneb gwelw hen ŵr yn sbio arna i.

Rŵan, yr amsar yna o'r bora, fedra fo ddim peidio 'ngweld i, gweld y car, rhif y car…. gweld popeth, ac mi gredais i am ddyddia, wedi clywed i'r tŷ losgi'n ulw, mai matar o amsar y bydda hi cyn y doen nhw amdana i. Ond chlywais i ddim. Dim am rai wythnosau beth bynnag.

Terry Roberts ddeudodd hon wrtha i hefyd.

"Tad ——— —" A dyma fo'n enwi cenedlaetholwr enwog.

"Roedd o'n methu cysgu y noson y llosgodd tŷ Fach-wen, ac mi welodd gar a boi ynddo fo yn sgrialu heibio'r tŷ tua tri yn bora. Awr wedyn, mi gododd drachefn a gweld Sunny Nook yn llosgi, a wyddost ti beth nath o?"

Ysgydwais fy mhen.

"Mynd yn ôl i'w wely. Gwenu, a chysgu'n sownd tan y bora!"

Mae lwc mul yn canlyn rhai yntoes?

Mi roedd pob un o'r bosus run fath.

"*Fuckin' Welsh sheep-shaggers… we English are different see, we are the master race…*"

Fferm ddefaid oedd Pen-y-bryniau, ac roedd

cyffredinoli'r bosus fel cyllell yng nghefn Anti Elin ac Yncl Arthur. Ond y diawl oedd, mi fûm i'n rhy llwfr ar y pryd i'w hamddiffyn. Wedi'r cwbwl, Cocni oeddwn i i'r Bosus, un ohonyn nhw.

Ond y diwrnod y buodd Tomi farw yn y ddamwain, hwnnw oedd y trobwynt. Mi fedra i ddallt rhagfarn, mi fedra i ddallt gwladgarwch eithafol i raddau, ond pan drodd y tractor a lladd Tomi Bach ar lethr Cae Dan Tŷ, mi snap-iodd rhywbath ynof i mewn cyfarfod y bosus.

Siarad yn gyffredinol oeddan ni am y byd a'i bethau, a wydda'r bosus ddim oll am fy nghysylltiad i â Phen-y-bryniau. Mi gododd matar y ddamwain.

"*Nasty piece of work I heard.*"

"*One less fucking sheep-shagger.*"

Mi edrychais ar bob un yn ei dro. Pob un yn g'lanna chwerthin. Pob un yn Sais – fel fi. Ac mi ddeudis i wrthyf fy hun.

"Reit Sprogitt! Dyma'r trobwynt!"

Ac o'r foment honno, wnes i ddim edrych yn ôl. Mi symudais i gam ymlaen tuag at ymuno â'r genedl Gymreig, a thuag at gasáu pob Sais.

Ymhob cyfarfod gyda'r bosus o hynny ymlaen, fi oedd yr eithafwr o Sais. Mi gondemniwn i Gymry, fe'u rhegwn ac fe'u melltithiwn, gan wybod mai dyma'r ffordd berffaith o ddial ar y bastards hunangyfiawn yma oedd wedi dringo'n uchel, ac yn uwch na mi. Fel bosus mi roeddan ni'n un!

Cerddais i'r ystafell lle trefnwyd y gynhadledd. Trodd goleuadau arnaf o bob cyfeiriad. Fflachiodd y camerâu, ac fe'm dallwyd. Es at y bwrdd, ac eistedd yn y gadair unig. Roeddwn innau'n teimlo'n unig. Roedd pob un yn yr ystafell wedi darllen y ddalen bapur roeddwn i wedi'i pharatoi, a'i gosod ar eu cadeiriau.

Edrychais dros fy sbectol wrth roi trefn ar fy mhapurau. Roeddan nhw yma i gyd. Pob un wan jac ohonyn nhw! Rhyfedd o beth ynte? Galwch chi Gynhadledd i'r Wasg yng Nghymru a dywedwch mai llosgi Tai Haf ydi'r pwnc, ac mi ddaw pawb yno fel rhes o fytheiaid yn gwenu, ac ysgyrnygu ac yn ffroeni stori.

Cnociais y bwrdd o 'mlaen, a distawodd pawb ar amrant. Roedd camerâu'n chwyrlio, pob meicroffon ar agor, a bysedd yn dynn am bensil a beiro. Pesychais.

"Unrhyw un ddim yn deall Cymraeg? …*Anyone not conversant with the Welsh language?*" gofynnais yn fy llais mwya poleit?

Cododd coedwig o freichiau. Ochneidiais.

"*Well gentlemen, you have read my prepared statement, I am here to answer any question you might have.*"

Cododd coedwig o freichiau drachefn, a phwyntiais fy mys at y mwyaf gwrth-Gymreig o'r gohebwyr:

"*Mr Quant! Your question?*"

"*Chief Superintendent Sproggit, who do you think is behind this arson campaign, and what steps are the Police taking to apprehend the perpetrators?*"

Gwenais, cyn dwyn i gof yr holl glichès roedd disgwyl i mi eu hadrodd a'u hailadrodd.

9 "NI CHLYWIR UN ACEN..."

Llwynog ydi pob dwrnod i mi bellach. Yn y bora glas mi fydda i'n taro hen got am fy sgwydda, llusgo fy nwy droed i lawr y grisia, taro llif o ddŵr yn y teciall cyn ei roi ar y pentan, a chynna llgedyn o dân i'w ferwi. Pan fydd o wedi codi i'r berw, os na fydda i'n fodia i gyd, mi wna i fasnaid o botas bara ceirch i gnesu.

Dw i'n clywad yn iawn 'r hyn sy'n cal i ddeud.

"Ar i phinna ola chi..."

"Petha'n edrach yn hyll..."

"Mae'n barod i droi heibio..."

Ydw, dw i wedi cyrradd y dyddia yn fy mywyd y bydda mam yn eu galw yn ddyddia duon bach. Er mai fi di tin y nyth, fi di'r ola, ac ma pob migwrn ac asgwrn yn deud wrtha i'n ddistaw bach na fydda inna yma'n hir iawn eto.

Ond ma'r hen blant yn dda hefo fi, er mai rhwng bodd ac anfodd y bydd y rhan fwya'n galw yma rŵan. Dydi croesi'r ffordd ar sgawt i ddal pen rheswm â hen wraig ddim yn fatar o raid nac yn fatar o ddewis yn amal yn nac ydi?

Dw i wastad wedi credu mewn rhannu'r dorth yn deg, er bod yna adega y gallwn i fwrdro rhai o'r epil ma, ond cael y teimlad fydda' i weithia fod yna rywun anweledig yn tynnu llaw dros eu pennau bychain nhw, a'u bod nhw fel cŵn bach ar adega yn rhy barod o beth cythral i ysgwyd eu cynffonna. A pheth ofnadwy ydi 'mod i yn fy henaint fel hyn yn cymharu'r hen blantos ag anifeiliaid.

Fe fyddai hen wraig fy nain yn arfar deud bod gan foch bach dafoda mawr, ond yn onast mi leiciwn i petai'r tafoda rheini yn llyfu mwy ar yr hufen yn lle llarpio'r sgim.

Prinhau'r ma'r ymwelwyr y bydda i'n ysgwyd llaw at y penelin hefo nhw. Prin ddau lle roedd gynnau gant. 'Ngweld i'n hen ffasiwn ma pawb am wn i.

Yr achlod i mi! Anghofiais y bydd Tomos yma gyda hyn! Dyna un na wnaiff fyth golli nabod ar ei hen nain. Tipyn o dderyn ydi Tomos yn enwedig wedi iddo fo gal mymryn o wynt dan ei adain. Yn chwech oed mae o'n siarad pymthag yn y dwsin ac yn hen ffasiwn fel het. Ac mae hynny at fy nant i.

"Dowch nain, butwch eich bîns – peidiwch â bod yn hen grimpan!"

Ar adega fel hyn mi fydda i'n teimlo fel iâr un cyw. Dw i isho taenu f'adain dros ei ddiniweidrwydd. Ma'r hogyn yn rhy ifanc i wybod hyd ei gyrn, ond mae o'n rhoi llawer o'i gyfoedion hŷn yn y cysgod. Ma' iaith lafar lân mor brin â chyrraints mewn teisan gybydd heddiw.

Mi fydda i yn fy amsar da fy hun yn mynd i'r Post yn ddyddiol i nôl fy mhapur, a phan fydda i'n taro yno â hithau'n amsar i'r plantos fynd neu ddod o'r ysgol, peth hawdd ydi torri calon wrth wrando ar eu sgyrsiau. Taswn i'n clywad un frawddeg nad yw'n glapiog mi faswn i'n rhoi pluen i'r plentyn hwnnw. Ond llusgo adra â 'mhen yn fy mhlu sydd raid i mi bob dydd â 'nghalon yn fy sgidia.

Ac ma hynna wedi gneud i mi ama'r rhygnu byw yma fydda i'n ei wneud. Onid gwell fydda hi i mi ildio i nghornal a derbyn mai fanno y dylwn i dreulio gweddill fy nyddia?

Dw i'n dechra teimlo'r grepach yn nyfnder nos. Fel petai bysedd hirfain dwy law yn hofran uwch y ciando, a'r Hen Nic yno yn ei ddillad mowrning yn rhyw how wenu arna i ac yn dweud yn dawal, "Gwalia fach, mi fyddi di dan dy gwys gyda hyn!" Fe ddaw'r hen deimlad hwnnw heibio ei bod hi wedi canu arna i, ac y bydda i yn yr oria mân yn gelain gegoer, ond erbyn y bora mi fydda i wedi cael fy nghefn ataf ac wedi osgoi tŷ fy hir gartref am blwc eto. Ond tybed ar ba un o fy naw chwyth cath yr ydw i?

Efallai yn wir mai dyna'r rheswm y bydda i'n byw yn fy nghragen y dyddia yma. Thâl gen i ddim o'r llancia ma sy'n fy nefnyddio fel eu ffon fara ac yn byw a bod ar ochr glyta'r clawdd. Gwŷr y cwils, fel cŵn a moch yn dal ar eu cyfleustra i gerfio bywoliaeth fras ar fy nghorn i. Ond mae ôl y cŷn yn eu naddiad. Mwy o dwrw nag o daro bob tro; fel cneifio mochyn – lot o sŵn, chydig o wlân. Mi rown fy mhen i'w dorri y bydd stranciau rhai ohonyn nhw yn ddigon i fy ngyrru i'm haped.

Bron na fydda i weithiau yn deisyfu bod yn rhydiau'r afon yn edrych ar yr adwy eithaf. Gweld y bwlch rhwng deufyd yn dynesu a finna'n ama, pan ddigwydd hynny mai cael fy nhynnu yn bedwar aelod a phen fydd fy hanes i.

Ac os mai priddellau'r dyffryn sy'n fy wynebu, cystal i mi godi fy mhinnas a pharatoi…

10   YR HEIPOCONDRIAC
LLAWEN

Roedd hi'n dawel ac yn llonydd braf er mai noson lem o hydref oedd hi. Prin gymell y cangau wnâi'r gwynt, ac eto disgynnai cawod drom o ddail yn ddistaw bach. Pob un yn troelli ganwaith-filwaith cyn disgyn yn ddisymud ar lawr y maes parcio. Gorweddent yno'n farw lonydd fel pe baent yn ddiog ddisgwyl rhyw chwa o wynt i'w sgubo o'r naill du i'r cilfachau anhygyrch. Roedd y polion golau oren a amgylchynai'r ysbyty yn taflu llewyrch at y tawch a hongiai uwch y to. Edrychai'r cyfan fel golygfa o ffilm ias wyddonol – yr ysbyty, y golau oren, y dail, y tawelwch a'r ochain.

Sawl tro y bu oriau mân y bore hwnnw yn llosgi'i feddyliau nas cofiai Tomos, ond yr hyn a gofiai oedd cyrraedd yr ysbyty ar wib wyllt, ei draed yn crensian y dail ar lawr a chlywed, trwy weddill y distawrwydd llethol, yr ochain. Fe wyddai Tomos beth ydoedd ond gwrthododd iddo'i hun briodi'r sŵn â'r darlun a fynnai ddod i'w feddwl. Dim hyd nes iddo ddringo'r grisiau, cerdded y coridor, camu drwy'r drws ac edrych i'r gornel lle'r oedd gwely Llinos.

Llinos yn ddeuddeg ar hugain oed ac mewn crud fel baban. Ei chorff wedi crymanu'n ddim a hithau yn esgyrn lond ei chroen. Ei breichiau a'i dwylo a'i bysedd wedi hyll droi yn gangau cnotiog a'r rheini yn pawennu'r awyr fel cath fach yn anterth ei chwarae. Ei llygaid bywiog direidus yn rhowlio'n ddi-baid mewn tyllau crynion. Ei gwên barod yn ysgyrnygiad safnrhwth barhaol a'r croen sglein yn felyngrych frwnt. Ond Llinos oedd hi. Llinos yn ochneidio fel anifail dolurus. Ei Linos o yn drewi o angau.

Tasgodd y dagrau i'w lygaid a mygodd ei anadl yn ei fynwes. Corddodd ei stumog a chwydodd lond ceg o grachboer. Methodd reoli ei hun ymhellach a llithrodd fel cadach llipa i'r llawr.

Hon oedd y foment y bu'n ceisio'i gohirio cyhyd. Ond dim mwyach. Ger ei fron, y foment hon, roedd Llinos, a'i bywyd bach yn araf cael ei wthio i loc marwolaeth.

Bu yno awr, efallai mwy. Y peth nesaf a gofiai oedd y distawrwydd. Darfu'r ochain, ac fe ddaeth yn ddiarwybod o rywle. Distawrwydd a llonyddwch. Y distawrwydd a'r llonyddwch stond. Doedd dim yn dod. Dim byd. Dim ond y sylweddoliad fod Llinos wedi mynd am byth.

A phan fyddai Tomos yn galw i gof y noson honno, pan fyddai'n ailfyw'r sylweddoli bod Llinos wedi mynd, fe fyddai rhyw gnoi mawr ym mhwll ei stumog. Rhywbeth dwfn y tu mewn iddo yn sgrechian ei brotest yn erbyn trefn rhagluniaeth. Ac roedd y rhywbeth hwnnw yn gwlwm anhreuliadwy yn ei ymysgaroedd.

"Ac mi rydach chi yma eto, Tomos?"

"Yndw doctor."

"Yr un hen boen?"

"Ia."

"Ond dach chi eisoes wedi cael archwiliad gen i. Fe fuoch chi ym Mangor, fe welsoch chi Mr Williamson, a doedd yr X-Rays na'r profion gwaed yn dangos dim byd."

"Mae 'na rywbeth! Fuaswn i'm yn deud oni bai 'mod i'n gwbod! Dw i'n sicr. Fel petasa 'na ryw anifail yn byta tu fewn i mi."

"Tomos! Gwrandwch! Toes 'na ddim cansar yn agos i'ch corff chi! Dw i'n gwbod i chi gal profiad erchyll yn colli Llinos ond rhaid i chi gael gwarad â'r hunan dosturi ma. Cymrwch 'y ngair i. Dydi ewyllysio dioddefaint Llinos ddim yn mynd i ddileu eich galar. Amsar yn unig all leddfu hwnnw."

Fe'i hanfonwyd wedyn i'r Uned Seiciatryddol ond paldaurio mlaen am harmoni corff a meddwl wnaeth Dr Roberts a rhyw wên ryfedd ar ei wyneb wrth i Tomos wrando arno.

Pan welodd o'r wên honno, roedd Tomos wedi penderfynu nad oedd hwn chwaith eisiau deall.

Yn ystod y dyddiau canlynol fe wawriodd ar Tomos na fyddai hir oes iddo. Yn araf y daeth y sylweddoliad, ond pan ddaeth dechreuodd ymbaratoi. Yn ddiarwybod iddo'i hun, fe ddaeth marwolaeth yn obsesiwn felys ganddo. Paratôdd ei ewyllys, penododd Ifan ei frawd yn ysgutor. Talodd ei ddyledion a chrynhodd ei arian i gyd i un cyfri banc. Casglodd ddogfennau'r tŷ a'i yswiriannau at ei gilydd. Bu'n llosgi hen lythyrau a dyddiaduron ac yn rhannu peth o'i lyfrau a'i eiddo. Roedd teulu a chydnabod yn tosturio wrtho wrth ei weld yn paratoi at y diwedd. A gwyddai Tomos yn ei galon y credai pawb ei fod yn araf golli'i bwyll. Ond newidiodd y cyfan y prynhawn Sul canlynol.

Yn dilyn marwolaeth Llinos roedd Tomos wedi ymdrechu crynhoi ei deimladau ar bapur a bu'n ysgrifennu'n gyson nes llenwi llyfr ar ôl llyfr yn cofnodi'r teimladau hynny. Wrth glirio'i eiddo, ni fedrai yn ei fyw losgi'r llyfrau hyn. Bu'n eu darllen a'u hailddarllen – dyma'r un peth personol y dymunai i'r teulu eu darllen wedi iddo fynd. Efallai wedyn y byddent yn deall. Efallai, r yw ddiwrnod, y byddai rhywun yn deall.

Yn sydyn mewn ffit o wylltineb ac anobaith taflodd y cyfan i lygad y tân. Wrth wylio'r fflamau yn llowcio'i bopeth, llithrodd Tomos yn anymwybodol i'r llawr.

"Tomos!"

Roedd mewn gwely gwyn, glân a diarth.

"Tomos!"

Roedd y llais yn gyfarwydd ond yn wahanol.

"Tomos, wyt ti'n effro?"

"Ifan. Ti sydd 'na?"

"Disgyn yn y parlwr wnest ti, Bron i ti roi'r tŷ ar dân! Rw't ti yn y sbyty ers ddoe. Doctor wedi rhoi rhyw brofion i ti. Mi ddaw o draw atat ti toc ma'n siŵr."

Teimlodd Tomos ei stumog â'i law dde. Roedd rhywbeth ar dân.

"Wannwl! Ma gin i boen achan!"

"Mi gei di rwbath ato fo sti."

"Fuost ti'n siarad hefo'r doctor?"

"Welish i o gynna... jyst am funud."

"Be ddeudodd o?"

"Fawr ddim, fe fydd o yma toc."

Ifan hoffus, gelwyddog.

"Wnei di un peth i mi Ifan?"

"Be w't ti isho?"

"Y drôr yn ymyl y gwely adra. Mae 'na fag bach du a'r Beibl bach… ddoi di â nhw i mi heno?"

"Wrth gwrs y gwna i."

Ei ddoctor ei hun ddaeth i weld Tomos ychydig funudau ar ôl i Ifan fynd.

"Canlyniada'r profion wedi dwad Tomos."

"Be maen nhw'n dangos?"

"Mi fydd rhaid i chi aros yma am sbelan am chwanag o brofion, ac ella triniaeth."

"Be maen nhw'n dangos?"

"Rhwbath ar yr ysgyfaint. Cysgod…"

"Mi wyddwn i! Mi wyddwn i!"

"Hwrach y cewch chi ecsploratri…"

"Mi wyddwn i… mi wyddwn i."

Bu cael cadarnhad gan y doctor yn fwy o ryddhad nag o boen er mai dedfryd oedd y cadarnhad hwnnw.

Bu'r deufis canlynol yn rhai anodd. Bu'r teulu yn dawnsio tendans arno er na fynnai hynny, a sorrodd yn bwt wrthynt fwy nag unwaith. Ond doedd ei amser ddim wedi dod. Fe wyddai Tomos pryd y byddai hynny.

O gwyddai.

Darllenai'r Beibl bach yn reddfol a deddfol. Y salmau fynychaf ac wrth gadw'i Feibl yn ei ddrôr byddai hefyd yn taflu golwg ar y bag bach du.

Yn raddol gwaethygai. Gwyddai yntau hynny'n burion. Beunydd beunos chwistrellid cyffuriau atal poen i'w gyfansoddiad. Gwyddai nad oedd ganddo lawer o amser eto ac ar brydiau cydiai panig llwyr ynddo wrth sylweddoli. Roedd ei berthynas â phawb a phopeth yn newid. Doedd fawr ddim perthynas eiriol bellach. Roedd pob cysylltiad a chyfathrach drwy edrychiad, a chyffyrddiad yn hytrach na thrwy sgwrs a chyfnewid syniadau.

Roedd y sgyrsiau pan ddeuent yn syml. Roedd y clymau olaf yn araf gael eu datod. Byddai'r sibrwd a'r ysgwyd pen a'r tawelwch yn llethol ar brydiau. Ac fe wyddai Tomos, gan nad oedd bob amser o gwmpas ei bethau, bod yr awr yn aeddfed iddo bellach.

Roedd y caplan newydd adael ac wedi darllen salm iddo. Roedd y nyrs wedi esmwytho'i obenydd ac wedi dymuno noson dda o gwsg iddo. Ni ddywedodd ddim wrthi dim ond gwenu i ddyfnderoedd ei llygaid a gafael yn ysgafn yn ei llaw. Dychwelwyd ei wên. Pan welodd hi'n cau'r drws ar ei ôl, trodd ar ei ochr ac ymbalfalu yn y bag du am y botel bils. Llyncodd gegaid o'r tabledi a chymerodd lymaid o ddŵr. Hon oedd awr ei fuddugoliaeth. Teimlai ei hun yn mynd yn llipa dan effaith y tabledi. Roedd y botel a'r dŵr wedi troi ar y gwely ond ni hidiai. Trodd ei ben at y ffenest – roedd hi'n hydref eto a'r dail yn nofio o'r coed. Roedd popeth mor dawel.

A phan ddeuai yfory, a phan ddoi'r teulu, fe fyddai popeth yn dawel.

Mor dawel.

11   PLENTYN YN NULYN

Rho dy fraich am fy ngwddf i heno, a chlyw bedolau sgidiau yn clindarddach ar balmentydd gweigion Dulyn yn y glaw. Gwêl y gwlych yn tasgu'n fyrddiwn o fwledi mud, ac yn saethu'i dawel gân o'r gwyll.

Cerdded? Wrth gwrs cei gerdded, os dyna dy ddymuniad. Rho dy ddwy droed ar y palmant gwlyb, a rho dy law fach gynnes am fy mysedd i. Camwn gyda'n gilydd.

Chwith, de. Chwith de. Chwith de... Fe gawn fartsio fel dau filwr dros Bont O'Connell. Y glaw yn saethu'n drochion gwyn o flaenau'n traed, a golau'r stryd yn sgleinio ar straeon y cerrig sydd ar y bont.

"*And we're all off to Dublin in the green, in the green*
With our helmets glistening in the sun;
Where the bayonets flash and the rifles crash
To the echo of the Thompson gun."

Glywi di sŵn y lleisiau'n canu a larwm eu martsio yn deffro gwlad? Wyt ti'n blasu'r powdwr du yn rheg y gwynt? Wyt ti'n teimlo'r ias ddisgwylgar sy'n hofran uwch y ddinas yn y glaw?

Nag wyt ti? Wrth gwrs nad wyt ti! Dwyt ti'n ddim namyn plentyn yn Nulyn. Plentyn nad yw'n rhyfeddu at ddüwch oer y Liffey'n sleifio'n fudr tua'r môr, a galar y gwylanod uwch ei llif wedi marw gyda dod y nos. Y nos a'r glaw a'r llais. Y nos. Y glaw. A'r llais bach wrth ein traed.

"*Can you spare a penny?*"

Na! Paid oedi! Paid ag edrych arno! Awn heibio iddo. Ni roddwn hyd 'noed geiniog goch i'r plentyn sy'n begera'i glennig ar y bont. Sgêm yw eistedd yn droednoeth hefo'i gi bach del, ei gwpan tun, a'i waddod o geiniogau gwlyb. Awn heibio iddo ac anghofio'i gryndod yn y glaw. Awn heibio iddo, a'n dihidrwydd yn dannod iddo'i dlodi.

Weli di olau'r lleuad yn chwyddo'n fostfawr rhwng y tyrrau concrid? Y golau sy'n rhoi sglein ar lais y glaw? Y golau sydd yn dangos inni dwll drws siop a dau yn ym-gofleidio yno'n wlyb? Cofleidio a chusanu'n wyllt yn sioe i ni? Bysedd mewn cynffonnau gwallt yn gafael am yfory gwell.

Tyrd, trown i'r chwith rôl croesi'r bont a cherdded tua gorsaf reilffordd Tara Street. Heibio'r tlotyn syn sy'n rhythu i ebargofiant, a chofleidio'i hun am ffics. Bu hwn fyw'n hir. Fe ddywaid stori'i wallt ei fod yn hen. Rhaffau claerwyn, budron wedi'u clymu yn eu baw, ac yn ei lygaid ysfa sydd yn hŷn na'r stryd ei hun. Ysfa sydd yn hŷn na'r glaw…

Edrych! Poolbeg Street! Aros yma ennyd wrth y drws mahogani – drws nesa i siop y sadler. Estyn dy glust tuag at y crac sydd dan y bwlyn pres a dwed beth glywi di?

Tyrd i wrando! Ie, ti, sydd newydd ddysgu dy glust i nabod pob un smic. Sŵn drws yn cau ar ddiwedd dydd. Sŵn llenni'n agor twll i olau'r haul. Sŵn tincial pres, sŵn clencian potel laeth… Beth glywi di? Lleisiau?

Tyrd! Tyrd at y ffenest. Weli di'r enw wedi'i baentio'n gwafars celfydd arni? "MULLIGANS".

Gad inni rwbio'r glaw o'r gwydr ac edrych drwy yr arwydd ar y lleisiau. Edrych ar y cysgodion. Cysgodion dynion. Dynion o bob lliw a llun yn gwthio at y bar. Dynion yn chwerthin. Dynion yn siarad. Dynion yn dadlau. Dynion yn ffraeo, smocio ac yfed. Awn ni mewn i'r mwg. Awn am ennyd i'r cynhesrwydd.

Dy godi? Wrth gwrs fe'th godaf. Swatia di yn nyth fy nghôl. Awn gyda'n gilydd i'r frwydr fawr wrth wthio i ffrynt y bar. Barod? Gwthiwn y drws.

Ar amrant try sawl pâr o lygaid atom, a rhythant ar ddieithryn gwlyb. Dieithryn yn dal ei fraich fel pe bai reiffl arni. Tania'r llygaid atom dan y capiau pig. Capiau pig sy'n cael eu codi a'u hailosod. Mae'r clebran yn distewi… ac yn ail ddechrau. Cerddwn ninnau a'r glaw yn diferu oddi arnom i'r llawr pridd. Cerddwn drwy'r murmur at y bar.

"*A pint of Guinness and a glass of lemonade, please.*"

"*Dat is shure a strange mixture for a wet man on a noight loike dis?!*"

"*The lemonade is for the child.*"

Mae'n edrych arnaf. Heibio i mi. Edrych lawr i chwilio am y plentyn anweledig. Plentyn yn Nulyn. Mae'n ysgwyd mymryn ar ei ben cyn pwmpio'r düwch gyda gwên i'r gwydr, a nodio'i ddealltwriaeth.

"*And would you be from Wales?*" Cyhuddiad yw ei gwestiwn. A phan nodiaf innau, mae o'n dallt yn iawn. Mae wedi'n gweld o'r blaen. Yn dod yn heidiau gwyllt i lowcio'n peintiau. Mae'n deall angerdd pob un sip. Yn deall dewrder gwaddod sydd mewn gwydr gwag. Mae'n deall. Yn deall, ac yn tosturio wrth blentyn yn Nulyn.

Tyrd! Awn oddi yma. Dychwelwn i'r tir unig. Ail gerddwn strydoedd y breuddwydion cyfarwydd.

Rwyt ti'n oer? Nag wyt ti ddim? Dwyt ti *ddim* yn oer! Wyddost ti be di oer?

Oer yw'r un fu'n nychu'n unig yn ei gell. Ei gydwybod yn ei fwydo, a'r cigfrain yn sgrechian eu glafoer uwch ei gnawd ar ledr llysnafeddus-wyrdd San Steffan draw. Oer yw'r un fu'n plycio'n aflonydd-drwm ar grocbren jêl Amwythig, a barrug byw y bore bach yn ceulo'r ffrwd o'i ffroenau. Oer yw sŵn y rhofiau'n plannu i'r pridd yng nghysgod mur y carchar. Oer yw celu corff rhag galar teulu. Oer yw'r saith yr hyrddiwyd atynt gawodydd poeth y dial un bore yng Nghil-mainham. Oer yw'r geneuau, wedi'u cloi yn dynn ddi-ildio wrth syllu i safn angau. Oer. Oer. Oer.

Dyna be 'di oer.

Maen nhw i gyd yn oer.

Ond fe fuon hwythau unwaith yn gryndod o gnawd cynnes, glân. Wedi'u lapio'n fwndeli bychain gwerthfawr gwyn. Yn sugno tethau y fam wlad. Yn ddim gwahanol i ti a minnau. Dim gwahanol. Dim, ti'n dallt? Dim ond bod ganddyn nhw rhyw swmbwl yn eu cnawd, ac yn eu gwaed, ac yn eu mêr i gerdded yn ddigywilydd yn y glaw...

Tyrd! Lapia dy fraich fach gynnes am fy ngwddf. Teimla wres fy nghorff yn dadol gnesu dy gorff dithau, a phaid ag edrych ar y glaw sy'n llenwi llygaid.

Dychwelwn.

Dychwelwn, i chwilio yng nghilfachau'r cof am dinc y glaw sy'n canu.

A hwyrach, pan ddaw yfory, yng nghrombil ddofn ein caer ddiamddiffyn y byddwn ninnau eto'n blant i'n cof, a'n bryd ar ddilyn ysbryd rhyddid.

A byddwn ninnau'n blant ar strydoedd Dulyn yn y glaw.

12 DIM OND HEDDIW

Bu heddiw'n ddiwrnod stormus ar ei hyd, er mai yn lled-dywyllwch y strydoedd culion ar gyrion Paris y dechreuodd y glaw ddisgyn o ddifri. Wrth iddo edrych drwy ffenestr yr Hotel du Commerce i'r stryd islaw, gwelai Ceri'r glaw yn peltio'i nodwyddau blaenllym yn ddidrugaredd i gledwch y ffordd a'r palmant, nes gwlychu pob twll a chornel. Dawnsiai'r nodwyddau yn ôl fodfeddi i'r awyr wrth daro'r ddaear, nes gwlychu traed, esgidiau a llodrau y sawl a geisiai ddianc rhagddynt. Un neges oedd i alar tawel, cyson y glaw. Gwlychu, a boddi. Gwlychu, a boddi.

Dyn y wlad oedd Ceri. Roedd o wedi arfer â glaw a gwlybaniaeth, ond dim byd tebyg i hwn. Doedd o erioed wedi gweld glaw fel glaw Paris. Doedd o erioed wedi bod ym Mharis o'r blaen ychwaith. Doedd o chwaith ddim yn cofio diwrnod fel heddiw…

*   *   *

Ie, dyn y wlad oedd Ceri. Wedi ei eni a'i fagu ym Mhentre Gwyn, ac wedi tair blynedd o Goleg, wedi dychwelyd yno i fyw. Athro oedd o wrth ei alwedigaeth, yn dysgu yn Ysgol Uwchradd Glan Dŵr, gryn ddeng milltir o'i gartref, ac yno y bu yn dawel-fodlon ei fyd am ddeunaw mlynedd.

O oedd, roedd yna drefn ymddangosiadol i'w fywyd beunyddiol. Roedd o'n codi am hanner awr wedi saith bob bore, ac yn brydlon wrth ei ddyletswyddau erbyn chwarter i naw. Roedd o adre erbyn pedwar, ac wedi pryd o fwyd, byddai naill ai ym mhwyllgor y Papur Bro, yn y Gymdeithas Lenyddol, ym mhwyllgorau tragwyddol yr Urdd, neu yn ymwneud â'r Capel. A phe bai o'n digwydd bod yn rhydd erbyn naw ar nos Fercher neu nos Wener, byddai'n ddi-ffael ym mar y Plow yn cael peint. Ac ar Nos Sadwrn doedd dim twsu na thagu – noson y Plow oedd hi ar ei hyd.

Oedd, roedd Ceri wedi meistroli'r grefft o rychwantu deufyd a phontio dau ddiwylliant. Ar y stryd, mewn pwyllgor neu mewn oedfa, gallai ddal pen rheswm â Gwynn Ellis ar y naill law, hwnnw'n ben blaenor parchus a thwrna wedi ymddeol, neu ar y llaw arall byddai yr un mor gartrefol yn dilyn hynt a helynt ceffylau hefo Now Sbragiwr, neu'n gwrando ar straeon celwydd gola ei gyfaill gorau Wil Lena. Roedd Wil wedi treulio tafell o'i ieuenctid a'i fywyd ar y môr, ond wedi dychwelyd i dir sych ers rhai blynyddoedd. Gwnâi ambell blwc o waith achlysurol, ond ym mar y Plow y treuliai'i amser.

"Ac i feddwl, tasa gin i blant, y baswn i'n gorfod ymddiried eu haddysg nhw i rywbath fath â chdi!" Dyna Wil!

Rhywle yn nwfn ei fod, fodd bynnag, roedd Ceri ers blynyddoedd yn corddi a chorddi. Lawer tro fe'i cafodd ei hun yn synfyfyrio yn y Capel ac yn y dafarn. Y ddeuoliaeth hon oedd natur ei anfodlonrwydd. Roedd o wrth ei fodd yn y naill gymdeithas a'r llall – fe welâi Gymreictod Pentre Gwyn yn cael ei adlewyrchu yn y ddwy. Ond roedd o'n dechrau gweld a sylweddoli'r dadfeiliad. Roedd ffyniant y naill yn anochel yn golygu tranc y llall, ac roedd hi'n amlwg, fel y diflannai penwynni'r seddau bylchog mai'r dafarn orchfygai.

Roedd o wedi sodro'i anniddigrwydd wrth y ffaith y byddai ei genhedlaeth o yn dyst i'r gwingo olaf. Gyda'u cefnau at y dibyn, a môr o elynion yn gwasgu o boptu, roedd hi'n edrych fel pe tai angen gwyrth pe bai Pentre Gwyn i oroesi. A phe bai gwaredigaeth i fod, roedd yna frys am y waredigaeth honno. Dim ond heddiw oedd ar ôl.

Sawl gwaith y dywedodd wrtho'i hun y gwnâi fyd o les i Gwynn Ellis a holl flaenoriaid y Capel ddod i'r Plow am noson a chael boliad iawn o gwrw yn lle troi yn eu powlen wydr o un pen yr wythnos i'r llall, ac oni wnâi fyd o les i Wil Lena a llafnau ifanc y Plow gael llond gwniadur o ddiwylliant hen begors y Capel? Pam na fedran nhw gymysgu? Pam na fedran nhw fod fel…? Feiddiai o ddweud? Na! Feiddiai o ddim. Y nhw, wedi'r cwbwl oedd yn driw i'w cefndiroedd. Y cyfan oedd o, Ceri, yn ei wneud, oedd cerdded ar y ffens. Chwarae'r ffon ddwybig. Rhedeg gyda'r cŵn a'r cadno. Bod yn bopeth i bawb ac yn neb yn y diwedd.

Dora Tai Top ffoniodd am bum munud i un ar ddeg un noson. Gwynn Ellis wedi gwaelu, ac wedi marw. Wedi cael mynd yn dawel yn ei gadair o flaen y tân. Cael llithro o un byd i'r llall ar amrant. Pedwar ugain mlynedd o fwrlwm a thalp o ddiwylliant yn dawel lonydd fel lwmp o blwm oer dan gaead arch. Tamaid arall o berfedd Pentre Gwyn wedi cael ei rwygo'n rhydd o'r corff afiach, a'i fwrw i'r marwor.

Am ddyddiau wedi'r angladd fe fu Ceri'n myfyrio'n ddwys uwchben marwolaeth Gwynn Ellis. Roedd yr hen Bentre Gwyn yn dadfeilio a diflannu, ac aeth rhywfaint o ddeugain mlynedd Ceri i ganlyn arch Gwynn Ellis i bridd y pentre. Byddai'n colli'r hen ŵr. Roedd ganddo gof byw iawn am ddigwyddiadau a chymeriadau…

"Dy daid! Dyna i ti sgiamp oedd hwnnw! Chwara ffwtbol i'r Pentra bod dydd Sadwrn…dowadd!…taclwr calad…pawb i ofn o…Wil Rhychwr oeddan nhw'n ei alw fo'n ei gefn…ond sa ti'n ei weld o ar y Sul!…doedd neb tebyg iddo fo ar ei linia…dyn da sti…os byddi di hannar cystal â dy daid…"

"Iselder sydd arnat ti," meddai Doctor Gwyn. Pythefnos yn rhydd o ofidiau a phwysau'r ysgol ac mi wnâi fyd o les. Ond llithro'n ddyfnach i bwll o ddigalondid wnaeth Ceri.

Ac roedd cwpan ei ofidiau'n beryglus o lawn pan glywodd am farwolaeth Wil Lena.

Wil? Wil Lena? Wil Lena lawen? Boddi yn Twll Chwaral? Gneud amdano'i hun? Ond pam? Pam…Wil?

Daeth diwedd Wil ac euogrwydd i'w ganlyn. Ddaru o ddim deall marwolaeth Wil o gwbl. Roedd Gwynn Ellis wedi cael ystod da o fyw…ond Wil? Deugain oed? Ai dyma'r rhagluniaeth "ryfedd" y canodd Dafydd Charles amdani? Ai yma ym Mhentre Gwyn yr oedd y "tynnu i lawr" i ddigwydd? Na, roedd marw Wil tu hwnt i'w ddeall. Y tu hwnt i'r mymryn crefydd a arddelai. O do, fe gafodd ei gyfle i fwrw'i ddagrau, ond roedd marw Wil wedi mynd dan ei wasgod. Roedd hyn yn ormod i gig a gwaed ei dderbyn.

Efallai mai dyna'r rheswm yr aeth pethau o'i afael yn y cnebrwng. Yno, roedd o wedi crio digon i bobi bara. Wedi gwneud sioe gyhoeddus o'i alar, ond ni fedrai yn ei fyw atal y pwl dieflig o ddigalondid dwfn oedd yn ddiollwng sownd ym mhwll ei stumog.

Wyddai Ceri ddim beth barodd iddo ddianc i Baris o bob man. Prin gofio'r daith oedd o, ond roedd rhaid iddo adael Wil. Gadael y fynwent a mynd ar duth i Stesion Bangor. Roedd ganddo frith gof am godi ticed i Fanceinion, ond roedd y siwrnai ar drên, awyren a thacsi yn un rhuban di-liw yn ei gof. Y peth pwysig iddo oedd mynd. Dim ots i ble. Dim ots sut. Mynd oedd yn bwysig, ac roedd hi'n bwysig mynd heddiw. Dim ond heddiw oedd ar ôl.

Mewn Ffrangeg carbwl, ceisiodd roi cyfarwyddiadau i'r dyn tacsi. Ond doedd y Ffrancwr yn y tacsi ddim yn ei ddeall chwaith. Amneidiodd Ceri arno i fynd i ganol y ddinas. Ymhen deng munud amneidiodd arno drachefn i aros. Ac yntau'n cerdded o'r tacsi i'r tywyllwch, fe ddechreuodd y glaw ddisgyn. Troes yntau i lobi anferth y gwesty cyntaf a welodd, yr Hotel du Commerce, ac wedi llogi ystafell yno, treuliodd hanner awr dda yn edrych drwy'r ffenestr ar y glaw yn disgyn i'r stryd islaw.

Fel pe bai rhyw bibydd hud yn galw aeth Ceri i lawr i'r stryd ac i'r glaw.

Bu'n cerdded am oriau. Cerdded yn y glaw. Cerdded y strydoedd culion. Cerdded y dyffrynnoedd cerrig. Doedd o'n gweld dim ar ysblander y gorffennol. Heddiw oedd yn cyfri. Heddiw oer. Heddiw wlyb. Heddiw dywyll. Dim ond heddiw.

Roedd twnelau duon y strydoedd yn gwgu a rhythu ac ysgyrnygu uwch ei ben. Roedd y cyfan fel petaen nhw'n cau'n raddol amdano, yn gyfyng furiau o boptu iddo. Ac o'r uchder disgynnai'r glaw. Disgyn o'r uchder i'r dyfnder islaw. Dyfnder yn galw ar ddyfnder, a chleddyfau noeth y glaw yn gwanu'i gnawd ac yn golchi drosto'n drist. Wil! Wil! Wil! meddai'r glaw. Gwynn! Gwynn! Gwynn! meddai drachefn.

Pan ddychwelodd i'r gwesty, roedd o'n wlyb ac yn annifyr. Roedd o wedi marchogaeth y storm, yn ddibwrpas ac yn ddigyfeiriad. Roedd wedi mynd. Mynd. Dim ond mynd. Mynd i rywle. Dim ots i ble. Dim ots am y storm. Dim ots a oedd o'n gwlychu. Doedd yna ddim cyfeiriad mwyach. Doedd o ddim yn perthyn i neb na dim.

Anwybyddodd gyfarchiad y Clerc tu ôl i'r dderbynfa. Dyn diarth oedd o. Dyn diarth mewn dinas ddiarth. Roedd o yma heddiw. Byddai wedi mynd fory. Fel dafn o law mewn storm ffyrnig.

Aeth i'w stafell yn wlyb ac yn benisel. Un o ddyrniad oedd o. Roedd o, Ceri, rhywle yn y canol; rhywle rhwng Gwynn Ellis a Wil Lena. Ond doedd o'n neb mewn gwirionedd. Rhyw smalio perthyn oedd o. A rŵan? Doedd yna ddim ar ôl. Roedd Gwynn Ellis wedi mynd. Roedd Wil Lena wedi mynd. Roedden nhw wedi mynd, a'i adael o Ceri, yn unig ac yn amddifad. Rhywle yn y canol hefyd roedd Pentre Gwyn. Pentre'r adfail yn barod am udo'r bleiddiaid ac ubain y storm.

Yn araf dadwisgodd Ceri. Diosg y gwlybaniaeth a'r annifyrrwch fesul cerpyn. Aeth drwodd i'r stafell folchi a rhedeg y dŵr i lenwi'r bath.

Edrychodd arno'i hun yn dadwisgo yn y drych. Gwenodd ar ei lun a gwnaeth yr hyn wnaethai am yr ugain mlynedd ddiwetha. Cododd y cudyn gwallt styfnig yn ôl i'w briod le. Gwenodd ar ei lun. Roedd yn bwysig iddo edrych ei orau.

Roedd o, o'r diwedd, wedi ffeindio'i le. Rhywle yn y canol rhwng Gwynn Ellis a Wil Lena… Roedd y dŵr yn boeth. Roedd o'n braf. Roedd y stêm yn codi…yn gwahodd. Roedd wedi gorlenwi'r twb, ond doedd dim ots. Roedd teimlad braf yn golchi drosto wrth iddo suddo'n is ac yn is i'r dŵr poeth…

13   CWFFAS YN ABERCOFFIN

Dw i 'di bod yn Gristion ar hyd fy oes, a dydw i ddim yn mynd i adael i ryw ddyrnaid o begors hunan gyfiawn fy nhroi i allan o fy Nghapel fy hun.

Dyna'r trafferth hefo capeli heddiw. Y tadau wedi'u codi nhw hefo'u harian prin, a'u plant yn methu fforddio'u paentio nhw. Ac arian, neu ddiffyg arian a bod yn fanwl gywir, oedd achos y rhwyg fu yn Abercoffin dros uno'r ddau gapel oedd yn y pentref.

Mae 'na ddau ben blaenor yn y pentref dach chi'n gweld, ac ma'r ddau isho bod yn geffylau blaen. Yn Sodom mae Robat Morus, ac yn Gomora mae Effraim Wmffres.

Dowch hefo fi am funud, ar un bora Sul, i Sodom a Gomora, ella wedyn y gwelwch chi faint y broblem sydd 'na yn y pentra ma.

Yn Gomora mae Effraim Wmffres a thair arall yn cynnal Cyfarfod Gweddi. Mae Elsi Prichard wedi cymryd at y rhannau arweiniol a dim ond Effraim Wmffres all gario mlaen. Mae Winnie a Fanny Hughes yn efeilliaid pedwar ugain oed, ac mae clyw y naill a lleferydd y llall wedi pallu ers sawl blwyddyn.

Does dim pwrpas ledio emyn, felly maen nhw'n cyd ddarllen salm, ac wedi darllen pennod o Ioan, mae Effraim

Wmffres yn annerch aelodau Gomora.

"Ffrindiau, gorchwyl anodd iawn sydd gen i'r bora ma, ia neno'r Tad. Y matar sydd gen i i'w osod ger eich bron chi heddiw, ydi cynnig cau yr hen gapal hwn , sydd mor annwyl i ni. Mae llythyr wedi mynd oddi wrth yr eglwys yma at aelodau Sodom yn ymbil ar i ni gydaddoli fel cynulleidfaoedd, a dw i'n dallt eu bod nhw'n trin ac yn trafod ein llythyr ni bora ma, ia neno'r Tad.

Fel y gwyddoch chi, mae drei-rot wedi cydio yn Gomora, ac mae 'na fwy nag un llythyr wedi dod gin yr Helth o Dre yn deud bod cyflwr y capal yn beryg. Ia neno'r Tad. Toes yna ddim pres wrth gefn i drwsio'r hen gapal, a does gynno ni ddim pres yn y coffrau ychwaith at ei ddymchwal o… mae hi'n chwith iawn 'wchi ar ôl John Parry, Paraffîn… felly yr unig beth fedrwn ni ei wneud ydi cau'r drysau, a gadael i'r hen le fynd â'i ben iddo. Ia neno'r Tad. Dw i felly yn cynnig yn ffurfiol ein bod ni'n cau Gomora."

Roedd y dagrau yn powlio i lawr ei ruddiau wrth iddo eistedd. Elsi Prichard lefarodd nesaf.

"Dw i'n eilio."

Cododd Effraim Wmffres ei olygon ac mewn llais yn ysgwyd gan emosiwn gofynnodd:

"Pawb o blaid y cynnig?"

Wedi i Effraim Wmffres amneidio ar yr efeilliaid, codwyd pedair llaw i'r entrychion.

Y Parch Titus Tomas oedd yn pregethu yn Sodom, ac roedd o wedi hwylio mynd trwy naw o'r Deg Gorchymyn, ac roedd hi'n tynnu am un-ar-ddeg o'r gloch. Roedd yr hanner dwsin oedd yn bresennol yn dechrau anesmwytho, gan gynnwys Robat Morus, oedd wedi darganfod hen fatshan yn un o bocedi bach gwasgod ei siwt lwyd. Erbyn hyn roedd o'n rhythu allan drwy ffenast-rochor-rafon ar ddau hogyn yn pi-pi i'r dŵr. Go damia! Hogyn Lis Gruff y sbwbach bach iddo fo! Yn ddiarwybod iddo'i hun roedd Robat Morus wedi dechrau gwthio'r fatsen i'w glust dde, a heb fawr o brocio na throelli ar y fatsen, darganfu gŵyr. A dweud y gwir fe drawodd ar wythïen felyngoch fras, ac o damaid i damaid daeth y cŵyr o'i glust yn bentwr bychan taclus ar ei hances.

Yn sydyn, fe sylweddolodd fod distawrwydd yn teyrnasu dros y festri, ac o godi'i ben, gwelodd fod chwe phâr o lygaid ar ei glust dde a'r aur a gloddiai'r fatsen ohoni, a bod Titus Tomas yn eistedd, wedi'i guddio gan Feibl Mawr Caeredin (Argraffiad 1856).

Pesychodd. Cywiriad, carthodd ei wddf, a llyncodd fflem. Cododd, a rhoi'i hances yn ei boced. Anerchodd y ffyddloniaid.

"Gyfeillion. Fy mraint i ydi cael diolch heddiw'r bore i'r Parchedig Titus Tomas, am ei genadwri i ni. Cenadwri amserol o gofio am stad ein capeli ni, a'r moddion gras sydd yn ein capeli ni.

Oes yna rywun yn gwybod ydi Moses Wilias a'r teulu adra wîcend yma?"

Distawrwydd.

"Peryg nad ydi o, felly heb ei blant o, toes yna ddim pwrpas cynnal Rysgol Sul. Mi fydd y Parchedig Titus Tomas yn pregethu heno eto am hannar awr wedi pump… Rŵan, mae 'na un peth arall i ddwyn i'ch sylw chi. Mae yna lythyr wedi dod i law gin 'rhen betha Gomora 'na .. Rŵan, fel y gwyddoch chi, mae'r achos yn fanno wedi dirywio yn enbyd ers pan a'th Parry Paraffîn i ganlyn y nefolaidd lu, a heb bres Parri Paraffîn, ma Gomora yn ffeindio'r esgid fach yn gwasgu. Ar ben hynny, maen nhw'n gorfod ffeindio ugian mil o bunna i drwsio'r capal, neu bymthag mil i'w ddymchwal o. 'R hyn, ma'r llythyr yma yn gofyn ydi, ydan ni'n fodlon iddyn nhw ymuno â ni yma yn Sodom… Un funud bach Harriet Harries, Dw i'm 'di gorffan eto… rŵan 'da chi'i gyd yn ymwybodol o hanes yr hen bentra 'ma, a'r ffordd y datblygodd Gomora yn gapal sblit am fod cynffon-wyr y chwaral isho lle iddyn nhw'u hunain ar ôl y streic fawr. Mi fedrwn ni anghofio lot o betha yn rhen fyd ma, ond damia, fedrwn ni ddim anghofio mai plant bradwrs ydi cynulleidfa Gomora…"

Cododd Harriet Harries ar ei thraed, a'r tro hwn ildiodd Robat Morus y llawr iddi. Roedd hi'n bedwar ugain oed, ac wedi dysgu cenedlaethau o blant y pentre.

Dechreuodd adrodd ei phrofiad mewn llais crynedig.

"Mistar Morus, llywydd y mis, a ffrindiau Sodom. Mi rydw i'n cofio trigian a phump o flynyddoedd yn ôl â minnau'n hogan un ar bymtheg oed, ac yn ffôl ym mhethau'r byd… Dw i'n cofio Ifan Wmffres Tan Gamfa, gwas Pyrs Robaitsh yn gafal ynof fi un dwrnod yn y cneua gwair ac yn fy nhaflyd i, a gwthio'i ewyllys arna i. Dw i'n cofio'r cwilydd o ddod ag Elimelech i'r byd… hogan un ar bymthag, â basdad yn ei chôl, yn deud ei phrofiad yn Sodom yma. A fu gin i ddim cywilydd deud fy mhrofiad erioed. Dw i'n cofio'r Parch Abednego Rowlands yn fy ffustio i'n eiriol ac yn gyhoeddus yn y Cwarfod Gweddi ac yn fy nhorri i allan am flwyddyn o'r capal ma, yn dilyn ei bregath fawr o ar "Ffydd, gobaith, cariad a maddeuant."

Yma, yn Sodom y digwyddodd hyn… ac mae gen i le annwyl iawn yn fy nghalon i'r hen gapal. Trwy ras Duw mi ges i ddychwelyd i'r gorlan. Gyfeillion, sbïwch mewn difri dad ar y trigian enw yna, y rhai a gwympasant yn y Rhyfal Mawr! Hogia'r capal yma oeddan nhw, ac o'r pulpud yma y crefodd John Wilias Brynsiencyn arnyn nhw i adael am y ffrynt lein…

"A llawer mab a gymerth gledd
I'w law yn lle awenau'r wedd…"

Mae mawrion y genedl wedi pregethu o'r pulpud yma, ac mae'n rheidrwydd arnom ni i gadw ei sancteiddrwydd.

Ydi gyfeillion, mae Sodom yn golygu llawer i'r rhai hyna ohona ni, a fedra i yn fy myw, yn union fel Robat Morus, ddim gweld o gwbwl sut y medran ni gymryd hen betha Gomora ma aton ni, nenwedig pobol fel Effraim Wmffres, mab Ifan Wmffres Tŷ'n Gamfa…"

Cyn i neb arall ddweud gair, roedd Robat Morus ar ei draed drachefn.

"Wel gyfeillion," meddai'n bwyllog. "Dw i'n cael y syniad fod Harriet Harries wedi deud yr hyn sydd yng nghalonnau'r rhan fwya ohonach chi…"

A dyna pryd y codais i ar fy nhraed.

"Robat Morus, dach chi'm yn teimlo ein bod ni'n

rhuthro braidd, nad ydan ni wedi trin a thrafod y matar yn drwyadl?"

Pe bawn i wedi codi a deud "Hold ior ffycin horsus!" fasa'r ymateb ddim wedi bod yn wahanol.

"Rhyw deimlo dw i ei bod hi'n weithred braidd yn anghristionogol i beidio trafod o leia y posibilrwydd o'r ddwy eglwys yn uno. Wedi'r cwbwl, onid ydi gair Duw yn ein hannog i garu'n gilydd? Onid dyna ddysgeidiaeth yr holl Destament Newydd? Onid ydan ni fod maddau…"

"Mistar Morus! Gyda'ch caniatâd chi fel Llywydd y Mis, mae Mr Grist yn siarad drwy'i het!"

Ifan Pritchard oedd hwn.

"Wedi'r cwbwl toedd Mr Grist, na'i deulu, ddim yma amsar y Streic Fawr! Peth hawdd iawn i ddyn diarth ydi sôn am fadda, a sôn am gyfaddawdu, a sôn am gyd-fyw… fuodd ei deulu o ddim yn llwgu na rhythu ar gynffonwrs a bradwyr yn cael cyfloga bras am ddychwelyd i'r chwaral, a'u plant nhw yn gwatwar tlodion ar eu cythlwng."

Mair Morus oedd nesa.

"Dydw i ddim yn credu yn yr hyn mae Mr Grist yn ei ddeud! Pwy mae o'n ei feddwl ydi o? Rhowch chi fodfadd i'r petha Gomora 'na ac mi gymran nhw lathan! Mi ddon nhw yma'n ddigon tawal, ond gwatshwch chi, mewn chydig wsnosa mi fyddan nhw isho'u blaenoriaid nhw yn ddiaconiaid yma, mi fydd yr Elsi Prichard yna isho rhedag blodau'r mis ac Effraim Wmffres isho'ch job chi fel Llywydd, Mistar Morus."

Mi geisiais eto.

"Un bobl ydan ni gyfeillion, yn addoli'r un Duw. Mae yna gant o aelodau yn y Capal yma, a dim ond hanner dwsin sy'n gweld yn dda dod i'r moddion gras. Hyd y gwela i, mae hi'n ddyletswydd arnon ni groesawu'r aelodau oll â breichiau agored…"

"Y blydi bradwr!" Harriet Harries bedwar ugain oed lefarodd y geiriau.

"Na ato Dduw i ni wrando ar eich siort chi Mr Grist! Rydach chi'n dwyn gwarth ar y capal yma, 'da chi fel cansar yn lledu'n ara bach i'n plith ni. Faint o bobl dda Sodom ydach chi wedi'i wenwyno? Rhag eich cywilydd chi. Dw i'n cynnig, Mistar Llywydd, ein bod ni'n gwahardd hwn hefyd o'r Capal annwyl yma."

Cododd murmur o gefnogaeth o blith y pedwar arall, a dyna pryd y codais i a dweud yn dawel:

"Dydw i ddim yn meddwl y dylwn i aros rhagor yn yr oedfa yma Robat Morus. Dw i'n gweddïo y caiff y gweddill ohonach chi fymryn o ras y grefydd yr ydach chi'n ei harddel i dderbyn aelodau Gomora i'ch plith."

Mi ges i bresant annisgwyl y noson honno. Bricsan goch drwy ffenestr y parlwr ffrynt. A dim ond y dechrau oedd hynny. Mi ges fy ngwahardd o Sodom. Fy ngwahardd rhag rhoi fy nhroed dros riniog y drws. Daeth y gwaharddiad ar ffurf llythyr swyddogol gan Robat Morus, ac wedi'i lofnodi hefyd gan y swyddogion oll.

Gwrthodwyd cais aelodau Gomora i ymuno â Sodom,

ond rhoddwyd caniatâd i'r aelodau ddod mewn rota, fesul pedwar, i'r oedfaon ar yr amod eu bod yn eistedd yng nghefn y Capel, ac yn cadw'n dawel.

* * *

Mae hi'n ddiwrnod trist yn Abercoffin heddiw. Maen nhw wedi cau Gomora, ac mae pawb ond dau wedi cytuno â thelerau cynulleidfa Sodom.

Yn eironig iawn cynhebrwng ydi'r gwasanaeth eciwmenaidd cyntaf sydd yn cael ei gynnal yno. Ac wedi'r holl helynt fu, wn i ddim fydd Robat Morus yn caniatáu i mi fynd i mewn i'r capel.

Pan gyrhaeddais i'r giatiau haearn-bwrw, roedd o yno fel un o soldiwrs y Cwîn yn disgwyl, ac yn barod, amdana i. Yn ei ymyl o roedd Harriet Harries, a bidog ei thafod yn fythol barod.

"Nô wê bod hwnna'n twllu Sodom!" medda fo gan gyfeirio ataf i. "Toes yna'r un gŵr siaradodd dros fradwr yn croesi rhiniog Sodom eto, dim tra bydd fy nwy ben-glin i'n ddigon ystwyth i weddïo ar fy Nghreawdwr am ras, ac am drugaredd. Nô wê!"

"Mae teuluoedd praffa'r pentre wedi aberthu oherwydd yr achos yn Sodom, tydi hwnna ddim yn deilwng i dwllu yr hen gapal bach annwyl yma," poerodd Harriet Harries tuag ataf.

"Mr Grist! Does dim croeso i chi yma!" ebychodd Robat Morus, cyn troi ar sodlau ei esgidiau hoelion mawr, camu i'r capel a ngadael i yno, y tu allan, i gorffio.

Wn i ddim yn iawn pa mor hir y bûm i yno. Mi glywais yr emyn cyntaf yn cael ei ganu, ac ar derfyn yr emyn hwnnw y dechreuodd fy ngwaed i ferwi o ddifri.

Pwy ddiawl mae Robat Morus a Harriet Harries yn meddwl ydyn nhw? Y ddau ohonyn nhw a'r holl ragrithwyr eraill sy'n fflatio'u tinau ar seddau Sodom?

Pwy ydyn nhw i nacáu yr hawl i mi gael mynediad i wasanaeth cyhoeddus? Pe bawn i'n gardotyn neu'n llofrudd diarth, fydden nhw'n cloi drws Tŷ'r Arglwydd yn fy wyneb? Wrth gwrs na fydden nhw! Ond am mai FI ydw i, maen nhw wedi cloi'r drws, ac mae'r diawliad yn gwrthod gadael i mi fynd i mewn i'r gwasanaeth! Y bygars anghristionogol!

Mi dria i unwaith eto. Mi af at y drws a'i ffustio'n galed. Mi waedda i arnyn nhw:

"Hei! Agorwch y drws yma! Fedrwch chi ddim dechrau'r gwasanaeth angladdol hebof i! Y fi ydi'r corff."

14 Y DYN YN Y CEFN
HEB FWSTASH

Ar y dechrau doeddwn i ddim yn deall pam fod y *Chief* wedi newis i o bawb, na pham ei fod o'n ffonio cw a hitha'n dri yn y bora. Does ganddo fo ddim ffefrynnau yn y ffôrs – os nad ydi o isho cymorth.

Wedyn y daeth pethau'n gliriach i mi.

Os dach chi isho plisman i holi i achos o ddwyn defaid, gofynnwch i rywun fel Robin Bugail neud y gwaith. Os dach chi isho plisman i holi i achos o ringio ceir, Êls Mecanic amdani. Ond pam ddiawl roedd y *Chief* wedi fy ffonio i?

"Robaitsh! Hed-cwortyrs! Rŵan!" dyna'r gorchymyn.

Rhyfadd fel mae'r Susnag yn swnio mor naturiol mewn brawddega Cymraeg os dach chi'n blisman. Tasa fo 'di deud "pencadlys", fasa hynny ddim yn swnio'n iawn, rhywsut. Ac fel ci defaid ufudd mi ddreifiais ar f'union o Gwm Pell i lawr i Golwyn Bê. Mi ges fy nghymell yn syth i'r oruwch ystafell. Ar y drws roedd yna arwydd mewn ffelt tip coch – *"Murder Enquiry"*. Doedd neb o'r Bwrdd Iaith yn debygol o alw heddiw felly.

Pan welais i'r llun cynta ar y wal, mi fuo bron i mi chwydu. Ro'n i'n meddwl i ddechra mai llun o bêl ffwtbol mewn bog oedd o. Ond o graffu ar y llunia erill, pen dynol oedd o. Pen wedi cal ei hacio oddi ar gorff, a'i stwffio i lawr tŷ bach ger Pentrefoelas.

Darllan odd y Chief.

"Mae 'na olion waldio arno fo. Hefyd, ma rhywun wedi iwshio rhywbeth fel cyllell fara, hefo *serated edge*, i dorri'r pen o'r corff."

"Oedd y corff yno hefyd?" Trio dweud rhywbeth oeddwn i.

Ysgydwodd y *Chief* ei ben. Edrychodd ar y lluniau drachefn.

"*Nasty* Robaitsh!" medda'r *Chief* yn ei Wenglish gora.

"Fydda i'n ôl rŵan, syr," me' finna gan adael y stafell ar wib. Mi es i'r tŷ bach rownd y gornal a chwydu ngyts i lawr y bog. Roedd meddwl am y fath beth wedi codi woblar arna i. Fel yfad tymblar o wisgi nît ar stumog wag.

Roeddwn i'n dal yn methu dallt pam bod y *Chief* wedi galw arna i. Gosa fûm i erioed at fwrdwr o'dd gwatshad *Hawaian Five-0* ar y bocs ne'r d'wrnod hwnnw ddaru hogyn Huw Pen Brain saethu dafad Guto'r Hafod hefo .22. Pam fi? Ac mi ges i wybod. Yn syth ar ôl y chwdfa.

"Mi fydd dy wybodaeth di'n *essential* yn yr achos yma, Robaitsh."

"'Dw i ddim yn dallt, syr."

"Pwyllgor Steddfod Clogwyn Melyn ers naintîn sefnti!" meddai'n chwareus, ac yna'n fuddugoliaethus bron, "Ysgrifennydd ers naintîn sefnti sefn! Dros twenti îars!"

Chwyddais fymryn. Roedd hi'n braf deall fod y pethau hyn yn cael eu gwerthfawrogi. Nodiais fy mhen, ond doeddwn i'n dal ddim yn dallt.

"Ac mi ddoth hwn," ychwanegodd.

Estynnodd ddarn o bapur i mi. Arno roedd neges amrwd wedi ei dorri o wahanol benawdau o newyddiadur, a'i bastio at ei gilydd. Y geiriau oedd: "UN YN LLAI."

Pwyntiodd y Chief eto at y llun, yna trodd ataf ac edrychodd i fyw fy llygaid.

"Ap Terfel."

Meiniais fy llygaid ac edrychais drachefn ar y llun. Doeddwn i ddim wedi ei adnabod, ond mi wyddwn yn syth bod ap Terfel wedi canu ei emyn ola dros drigain oed. Wedi ennill ar y Gân Werin am y tro ola. Wedi cipio'r Brif Unawd, Yr Her Unawd, a'r Unawd Gymraeg am y tro ola.

"*Eighty five…*" meddai'r *Chief.*

"Wannwl! Oedd o? Ro'n i wastad yn meddwl…"

"'Rhosa i mi gal gorffan! Mi enillodd o *eighty-five pounds* nos Sadwrn yn Eisteddfod Pentrefoelas. Pedair cystadleuaeth a fo nillodd y blydi lot." Estynnodd ddarn o'i bapur oddi ar y ddesg ei godi a'i ddarllen i mi,

"Unawd Gymraeg. Cyntaf – ymhell ar y blaen yn ôl y beirniad. Yr ail oedd S.J. o Sir Fôn, y trydydd Cennechfab, o Sir Gaerfyrddin ac yn gydradd bedwerydd, Magi Seiont, Dyffryn Nantlle ac Eos y Parc, Y Bala. *Prime suspects!* Ac ymhob un o'r cystadlaethau eraill, roedd y pedwar yna tu ôl i sodlau ap Terfel."

"Be?" doeddwn i ddim yn dallt.

"*Motive*, Ellis! Wyt ti wedi darllan dy Grott a dy Wilbraham? Dyna i ti *fotive* os bu un erioed! Mae fyny i chdi rŵan ffeindio *means* ac *opportunity*. Ddylia hynny ddim bod yn anodd – roedd y modd gan y pedwar ac ma'n siŵr gen i fod y cyfle hefyd. Gei di a Sarjant Thomas holi'r pedwar a chymryd *statements*. A dw isho nhw ar fy nesg mewn tridiau! A well i ti gal gair hefo'r beirniad – Aled Llwyd – hefyd. Hen hogyn iawn. Dw i'n ei nabod o ers cantoedd. Mymryn yn ecsentrig ond yn *genius* cerddorol."

Gan mai Cennechfab oedd yn byw bellaf, fe es i a Sarjant Tomos i lawr i Lanelli i'w holi drannoeth. Yn fy meddwl roeddwn i eisoes wedi heileitio'r rhannau perthnasol o'i ddatganiad.

RHAN O DDATGANIAD CENNECHFAB
ATEB

"So i'n gweud gair o gelwy ond af i byth lan fan'na to! Dim rôl nos Sadwn."

CWESTIWN

"Dw i'n dallt…"

ATEB

"Sim o chi'n deall dim! Wetodd neb wrtha i am y dyn yn y cefen. Odd e'n hofran yn y cefen fan'ny, clogyn mowr du am 'i sgwydde – fel ange a'i gledde glas. Ro'n i'n gwpod bod rhywbeth yn mynd i ddigwy'. Chanes i ddim cyn saled ers y dwarnod lynces i ddant cyn cyngerdd Jiwbili'r Cwîn yn '77."

CWESTIWN

"Oeddach chi wedi ei weld o'r blaen?"

ATEB

"Weles i ariôd mono fe. Ond rodd e'n sefyll man'ny. I'r 'hwith ar y bachan odd yn dala'r drws. Rodd e siŵr o fod yn six one ne six two. Llower talach na neb arall rodd yn sefyll."

CWESTIWN

"Sut wynab oedd gynno fo?"

ATEB

"Wmed hir main, a llyged odd yn berffeth lonydd. Ond beth wy'n gofio fwya amdano fe, odd 'da fe ddim mwstashen."

CWESTIWN

"Be dach chi'n feddwl wrth dim mwstashen?"

ATEB

"Yn union beth wedes i. Wmed plaen – dim mwstashen."

CWESTIWN

"Welsoch chi ap Terfel wedi'r gystadleuaeth?"

ATEB

"Jiw annwl naddo. Ath e lan i gal y gwpan a'r arian, ac wedyn adawodd e. Elon ni trwyddo i'r bechingalw i gal sandwiches a dishgled o de. Odd Eos y Parc a Magi Seiont yno 'da fi. Nawr te dewch i fi weld, odd S.J. yno? Sa i'n credu'i fod e."

Ar ein ffordd adre o Lanelli galwodd y Sarjant a minnau yn stesion y Bala i holi Eos y Parc. Ac wrth basio Llyn Celyn yn hwyr yn y prynhawn ar ein ffordd i Fangor, fe wyddwn eto'r rhannau y byddai'r Chief yn awyddus i'w darllen. Roedd yna batrwm yn dechrau amlygu rŵan.

RHAN O DDATGANIAD EOS Y PARC

ATEB

"Oedd yr ysgrifennydd wedi gofyn i mi faswn i'n fodlon

canu cân y cadeirio ac mi wnes. Ond am ryw reswm roeddwn i'n eithriadol o nerfus. Ac mi ddychrynis i ffitia oherwydd ar hannar canu mi ath ffotograffydd yr Herald o'r tu ôl i mi i dynnu llun y gynulleidfa. Y cwbl welis i drwy gornal fy llygad oedd y fflach yma, a mi daflodd fi oddi ar fy echal. Mi gychwynis i'r ail bennill octef yn uwch, ac mi ddechreuodd pawb chwerthin.

Doedd 'na ddim siâp arna i weddill y noson. Rhyw deimlo fod pawb yn gwenu'n slei bach."

CWESTIWN

"Welsoch chi rywun amheus yn y gynulleidfa o gwbwl?"

ATEB

"Dw i'n nabod cynulleidfaoedd steddfodau'r gogledd yn o dda. 'R unig un amheus welais i oedd rhyw ddyn mewn cot laes yn sefyll yn y cefn. Ar y dechra, roeddwn i'n ama mai fo fydda'n cael ei gadeirio – mi fedrwch chi sbotio'r rheini'n hawdd oherwydd maen nhw'n cyrraedd y steddfod hannar awr cyn y seremoni ac yn gadal yn syth wedyn."

CWESTIWN

"Sut ddyn oedd o? Fedrwch chi ei ddisgrifio fo?"

ATEB

"Dyn tal. Main a thal. Nath o ddim tynnu'i gôt fawr o gwbl er bod y walia'n chwysu. Wynab hir gwelw. A doedd gynno fo ddim mwstash."

Bu'n rhaid i ni ganslo holi Magi Seiont ac S.J. Roedd 'na frys neges ar ddesg Bangor oddi wrth y *Chief.* Ffoniodd Sarjant Tomos Fae Colwyn.

"Ydi Robaitsh hefoch chdi?"

"Yndi."

"Dyro'r alwad ma ar *conference.*"

Mewn eiliad roeddwn innau'n gwrando ar y sgwrs.

"Mae 'na ail fwrdwr wedi bod."

"Be?"

"Cennechfab. Yr un M.O. Dim corff, jyst ei ben o wedi cael ei stwffio i doilet yn *Services* Pont Abraham – rhywbryd bora ma."

"Roedd o hefo ni tan hannar awr wedi deg!"

"Newydd gal I.D. mae Dyfed-Powys. Mae dau dditectif ar eu ffordd i fyny yma rŵan. Ac roedd nodyn wedi'i sticio ar y pan."

"Nodyn?"

"Ffacs newydd ddod drwodd. Dowch draw. Rŵan!"

Wedi bachu panad a bagiad o chips ymlaen â ni am Fae Colwyn. Roedd yr ail nodyn yn debyg iawn i'r cyntaf, ond gydag ychwanegiad: "DAU YN LLAI. Y DYN YN Y CEFN".

"Ma datganiad Cennechfab gen i'n fa 'ma…"

"Gad i ni wrando."

Ac wrth ailwrando roedd yna un ffaith anwadadwy. Roedd yna un person yn y gynulleidfa y byddem yn awyddus iawn i'w holi ymhellach er mwyn i ni ei ddileu o'n hymholiadau.

Yn gynnar drannoeth, roedden ni wedi ail drefnu cyfarfod S.J. a Magi Seiont yn stesion Bangor. Erbyn hanner dydd roedd y ddau ddatganiad yn barod – wedi'u teipio. Ac roedd rhannau o'r rhain eto yn ddadlennol.

RHAN O DDATGANIAD S.J.
ATEB
"Doeddwn i'm ar fy ngora nos Sadwn 'chi. Rodd rwbath yn od am y lle. Rhywun yn y cefn. Dyn mawr solat. Côt ddu amdano fo. Oedd hi'n boeth dw i'n cofio a hwnnw'n dal i wisgo'r gôt fawr ma."
CWESTIWN
"Sut wynab oedd gynno fo?"
ATEB
"Wyneb cyffredin. Jyst wyneb dyn cyffredin – heb fwstash."

RHAN O DDATGANIAD MAGI SEIONT
ATEB
"Roeddwn i'n fwy nerfus nag arfar nos Sadwrn w'chi. Dw i'n meddwl ma'r mins peis odd y drwg. Wastad yn codi dŵr poeth arna i w'chi. Eniwe, gymrish i ddwy Rennie cyn camu ar y llwyfan, ond oedd 'na rwbath yn od. Yn od iawn w'chi."
CWESTIWN
"Be dach chi'n feddwl 'od' ?"
ATEB
"Anodd ei esbonio fo w'chi."
CWESTIWN
"Trïwch eich gora."

ATEB

"Pan fydda i'n canu mi fydda i'n trio sbio i un lle heb sbïo ar neb yn benodol w'chi. I brojectio fy llais, fel arfar, dewis un peth ne rywun yn y cefn a nelu fy llais i fan'no, ac mi roedd 'na blac yn y cefn ac enwau hogia gafodd 'u lladd yn Rhyfal Mawr ac ro'n i wedi penderfynu mai canu i'r plac f'aswn i w'chi. Ond roedd y dyn ma yn sefyll yn y cefn. Rhyw ddyn mewn du i gyd. Côt fawr laes ddu gynno fo."

Aethon yn ein holau'n syth i'r Pencadlys ac erbyn i ni gyrraedd roedd yno gyffro anghyffredin. Roedd y *Chief* mewn cyfarfod hefo'r Prif-gwnstabl. O'r Bala fe ddaethai'r newydd am ddarganfod pen Eos y Parc yn nhoiledau cyhoeddus Llanuwchllyn.

Ac roedd yna neges ar ddalen o bapur yn fanno hefyd: "TRI YN LLAI. Y DYN YN Y CEFN HEB FWSTASH."

Fûm i ddim mor agos at y Prif-gwnstabl cyn heddiw, ac roedd yna gyffro yn ei lais wrth iddo gyfarth ei orchmynion.

"*Surveillance* rownd y cloc ar S.J. a Magi Seiont. Dw isho datganiad y beirniad y prynhawn yma. Deg swyddog arall i fynd i Bentrefoelas i holi pawb oedd yn y steddfod." Yna trodd at y Chief: "Dw isho hynna wedi ei gwblhau erbyn fory. Gawn ni *gonference* am ddeg i sifftio drwy'r *evidence*. Rhaid i ni dorri'r cês yma, *pronto!* "

Ymhen hanner awr roeddwn i yn Stesion Abergele yn holi Aled Llwyd.

RHAN O DDATGANIAD ALED LLWYD
CWESTIWN

"Fedrwch chi sôn wrtha i am y gystadleuaeth ola?"

ATEB

"Pump oedd yn cystadlu, ond roedd gen i'r teimlad bod rywbeth yn wahanol yn y steddfod y noson honno. Dw i wedi beirniadu'r pump o'r blaen – siŵr o fod ddeg neu ddwsin o weithiau y tymor yma'n barod mewn gwahanol eisteddfodau. Deud y gwir, dw i wedi alaru gwrando ar yr un hen ganeuon! A be sy'n waeth ydi nad ydyn nhw'n gwrando dim ar fy sylwada i! Ond beth bynnag, doedd yna ddim amheuaeth nad ap Terfel ganodd orau. Roedd o fel petai yn ei elfen y noson honno. A dim ond unwaith – yn ail linell y trydydd pennill – y collodd o fymryn ar ei nodyn. Mi gododd ei ben yn sydyn a sbiad i'r cefn. Roedd yna olwg yn ei lygaid o fel petasa fo wedi gweld rhywbeth nath ei ddychryn o, dim ond am eiliad, ond ma rhywun fel fi wedi magu llygad a chlust dros y blynyddoedd i sbotio petha fel hyn."

CWESTIWN

"Wnaethoch chi ddim digwydd troi rownd ac edrych i'r cefn?"

ATEB

"Naddo. Ngwaith i ydi canolbwyntio ar y perfformiad, ac i wneud hynny rhaid cadw llygad ar y cystadleuydd."

Am chwech o'r gloch roedd yna bump ohonom yn darllen trwy'r datganiadau. Y *Chief*, Sarjant Tomos, a dau o'r ditectifs fu'n holi pobol Pentrefoelas.

Â chornel fy llygaid edrychais ar y *Chief*. Roedd o'n dal i ddarllen. Ymhen rhai eiliadau, taflodd y papurau ar y ddesg o'i flaen.

"Ma hyn yn blydi *stupid!*"

"Be, syr?"

"Maen nhw i gyd yn deud 'run peth am y dyn ma – sef ei fod o wedi ei wisgo mewn du, ei fod yn dal, yn sefyll yn y cefn ac nad oedd gynno fo fwstash!"

"'Dw i ddim yn dallt eich *point* chi, syr."

"Be di'r *point* o ddeud NAD oedd gynno fwstash?"

"Ffordd arall o ddeud clîn shêf?" awgrymais.

Chwythodd y *Chief* anadl hir o'i geg.

"Fasat ti, wrth fy nisgrifio i, yn deud bod gen i wyneb heb graith? Neu fys heb fodrwy? Mae 'na rywbeth yn od iawn yn fama Roberts. Pan fydd unrhyw un yn disgrifio unrhyw beth, dweud beth maen nhw'n ei weld maen nhw, nid dweud beth NAD ydyn nhw'n ei weld."

"Taswn i'n gweld car wedi'i gadw'n dda, mi faswn i'n deud ei fod o'n gar heb farc arno…"

" *You're missing the point,* Robaitsh! Mae'r pedwar yn dweud yn union yr un fath – maen nhw i gyd yn cyfeirio ato fo fel y dyn yn y cefn heb fwstash! *Collaberation!* Mae *conspiracy* yn fa'ma!"

"Oedd Cennechfab ac Eos y Parc yn rhan o'r *conspiracy?*"

"Hynna'n anodd i'w ateb, Robaitsh."

"Ond mae'n rhyfedd eu bod nhw i gyd yn cyfeirio ato fo fel dyn heb fwstash, a bod y tri nodyn hefyd yn cyfeirio at ddim mwstash!"

"Dim ond y nodyn ola oedd yn sôn am fwstash…" cywirodd un o'r ditectifs.

"Mae o fel petasa fo'n bildio i fyny i ddeud wrthan ni

pwy ydi o." meddai'r Sarjant.

"Pw' bynnag ydi o, mae o wedi lladd cylchdaith y steddfoda bychain mewn un wythnos." meddwn i.

"Be?"

"Rhein – y pump yma – oedd yn cynnal y rhan fwya o'r Eisteddfodau. Ma cystadlaethau adrodd ne' llefaru wedi gwanhau ers blynyddoedd, a heb y pump yma, waeth i ni, sydd ynghlwm â Steddfoda bach, roi'r ffidil yn y to." ychwanegais.

"Ydach chi'n awgrymu *ulterior motive*?"

"Mae 'na rhywbath yn od iawn yma."

"Pwy fasa isho gwneud drwg i chi?"

Doedd gen i ddim ateb i hynna. A doedd gen i ddim ateb i lawer o gwestiynau fuo'n chwyrlio drwy mhen gydol y siwrnai adre.

Roeddwn i'n troi a throsi pethau yn fy mhen yn fy ngwely hefyd gan wybod bod yr allwedd i'r cyfan rywle ynghanol y cyfan – yn rhy agos ata i o bosib. Doedd yna ddim digon o ddiawl yn Magi Seiont i gyflawni'r fath erchylltra, ac roedd S.J. yn flaenor, yn garreg sylfaen ei gymdeithas...

Y beirniad? Roedden ni wedi diystyrru hwnnw'n llwyr. Oni ddywedodd o ei fod o wedi clywed yr un cystadleuwyr hyd at syrffed? "Wedi alaru." Dyna'i eiriau. Ac onid oedd y *Chief* wedi'i alw yn ecsentrig ac yn *genius*? Tybed ai Aled Llwyd oedd ein cyfreslofrudd? Oedd o wedi alaru i'r fath raddau fel ei fod yn fodlon lladd cantorion i arbed ei hun rhag yr artaith wythnosol o wrando arnyn nhw?

Ac yna cofiais am un frawddeg yn nhystiolaeth Eos y Parc. Wrth gwrs! Pam na fuaswn i wedi sylwi ar hynny ynghynt.

Er ei bod hi ar ben hanner nos ffoniais Olygydd yr Herald. "Dic Clic." Holais, "Fo oedd gen ti yn cyfro Steddfod Pentrefoelas ddydd Sadwrn?"

"Ia."

"Be di'i rif ffôn o?"

"Rŵan?"

"Ia."

Llamai fy nghalon wrth i ffôn Dic Clic ganu. Roedd Eos y Parc wedi sôn bod fflach camera Dic wedi ei daflu wrth iddo ganu cân y cadeirio. Os hynny, roedd Dic wedi tynnu llun o'r gynulleidfa!

"Helo." Llais blin a chysglyd oedd ar ben arall y ffôn.

"Dic?"

"Robaitsh? Be w't ti isho'r amsar yma o'r nos?"

"Dynnaist ti luniau yn Steddfod Pentrefoelas?"

"Do – dwy neu dair ffilm…"

"Wnest ti dynnu llun y cadeirio?"

"Do."

"O'r llwyfan?"

"Seid-on – do."

"A'r gynulleidfa?"

"Waid-angl, o'r tu ôl i'r boi oedd yn canu Cân y Cadeirio."

"Fedri di gael prints i mi? Bob un llun o'r gynulleidfa?"

"Yn y bora, medra."

"Wnest ti sylwi ar ryw foi yn sefyll yn y cefn?"

"Do… do wedi i chdi ddeud. Boi tal. Dw i'n siŵr bod ei lun o gin i."

"Faint o'r gloch yn bora ga i'r rhein?"

"Deg?"

"Naw!?"

Saib hir ac ochenaid.

"O Ce."

Llamodd fy nghalon. Oeddwn i, ar 'mhen fy hun bach, yn mynd i ddatrys llofruddiaeth Pentrefoelas? Cael *commendation*? Chysgais i fawr y noson honno. Roedd fy meddwl yn rasio'n wyllt. Cyn pen ychydig oriau fe fyddai gen i lun o'r Dyn yn y Cefn heb Fwstash! Fe fyddai'r llun yn cael ei fflachio i lawr y llinellau i bob stesion drwy'r deyrnas, fe fyddai ar y newyddion, yn y papurau…

Am chwarter i naw drannoeth roeddwn i ar y ffôn hefo'r *Chief.* Soniais wrtho am yr hyn wnes i. Cefais fy llongyfarch.

"Ffonia fi'n syth a thyrd â'r negs a'r prints hefoch chdi," gorchmynnodd.

Am bum munud i naw roeddwn i'n sefyll y tu allan i stafell dywyll yr Herald yn aros i Dic Clic agor y drws i ddangos y lluniau i mi.

O'r diwedd agorodd, a daeth pen Dic i'r golwg a phenbleth lond ei wyneb.

"Be sy?"

"Rhywbath rhyfadd iawn," medda fo. "Welish i ddim byd tebyg o'r blaen."

"Be ti'n feddwl?"

"Tyrd i mewn. Mae yna ddwy system yma – yr hen deip negs a phrints a'r system ddigidol newydd – mae honno'n mynd yn syth o'r camera i'r cof ac wedyn i'r printar. Mae gen i dri *neg* o'r gynulleidfa, y tri'n dilyn ei gilydd, ond sbia ar y *prints*… fan'na roedd o'n sefyll, dw i'n bendant o hynny."

Ar y printiau doedd dim byd ond twll gwag ymhle y buasai'r Dyn yn y Cefn heb Fwstash.